O —

editora Urutau

rua do cajú, 478,
jardim das cerejeiras
06724-015
cotia-sp (brasil)

avenida peirao besada, 6 – 2D
36163 poio-pontevedra
(espanha)

[+34] 644 951 354 [espanha]
[+55] 11 9 4859 2 426 [brasil]

www.editoraurutau.com.br
contato@editoraurutau.com.br

[EDITORES]
tiago fabris rendelli & wladimir vaz
[COORDENAÇÃO DE REVISÃO]
debora ribeiro rendelli
[REVISÃO]
marcella sarubi
[DIAGRAMAÇÃO]
victor h. azevedo
[CAPA]
victor h. azevedo

dados internacionais de catalogação na publicação (CIP) de acordo com ISBD

B557p

Bessa, Reynaldo
Prato frio / Reynaldo Bessa. - Cotia : Urutau, 2023. 180 p. ; 14cm x 22cm.

ISBN: 978-65-5900-519-2

1. Literatura brasileira. 2. Prosa. 3. Romance. I. Título.

2023-1545

CDD 869.985
CDU 869.0(81)

Elaborado por Odilio Hilario Moreira Junior - CRB-8/9949

PRATO FRIO

reynaldo bessa

[primeira edição]
URUTAU
agosto de 2023

sumário

Para Damião e Luzia: meus avós

Que a imaginação expulse a memória.

Herman Melville

Se falo, é por aqueles mortos que, dia a dia, em mim ressuscitam.

Hilda Hilst

Os verdadeiros paraísos são aqueles que já perdemos.

Marcel Proust

I. TEM QUINZE ANOS, VOCÊ DISSE?

Lembro-me muito bem do dia em que Demétrius apareceu lá em casa. Lembro-me ainda mais dos seus olhos sobre mim: uma mescla de determinação e desespero. Então, ali, logo percebi que alguma coisa ia acontecer. Só não sabia se seria boa ou ruim. O que não pensei foi na possibilidade de as duas coisas acontecerem.

Naquela época, ele soube pelos seus homens que uma família, vinda não sei de onde, estava zanzando pela fazenda e até já tinha assentado terra lá pelas bandas do rio. "Um homem, uma mulher e três crianças", disse-lhe Drigo, um de seus homens mais fiéis. Demétrius não gostava nada disso. As suas terras, todos sabiam, eram a menina dos olhos dele. Foram herdadas dos pais, e ele cuidava delas com unhas, dentes e o que mais quisessem. Demétrius era ainda um homem jovem e agora parecia querer provar aos pais, mesmo depois de mortos já há alguns anos, que ele era muito capaz. Era o que diziam, pois, quando ainda rapazote, não se importava em nada com as coisas da fazenda. Quando os pais morreram, ele, o único filho — seu irmão mais velho, ainda adolescente, havia se afogado no rio —, assumiu tudo. Foi difícil no começo, mas com o tempo pegou gosto, depois, tornou-se uma obsessão. Esta obsessão era, então, um tipo de promessa póstuma. Um colar sagrado no pescoço do tempo perdido.

Demétrius não costumava lidar com essas querelas: coisinhas aqui, ali, ou seja, invasões de famílias estropiadas, sem eira nem beira, que constantemente apareciam em suas terras. Ele dizia ter coisas mais importantes para pensar e fazer. Não permanecia indiferente, é claro. Como disse, a fazenda era a menina dos olhos dele. Então, quando isso acontecia, mandava seus homens lá e que escorraçassem tudo e todos sem dó nem piedade. E que isso servisse de exemplo para outros invasores.

Na maioria das vezes, ele não deixava de estar certo. Aconteciam mesmo muitas coisas na fazenda, e ele tentava, mas nem sempre conseguia ficar de fora. Dizem que um dia, do nada, começaram a desaparecer algumas galinhas, depois várias, depois muitas, depois sumiram carneiros, cabras, porcos e, por fim, um cavalo e, se não me engano, uma vaca ou um touro. Não estou bem certa agora. Bom: "Isso precisava parar", agitados, disseram os seus homens. Ora, era comum desaparecer um ou outro animal: galinhas, perus, patos, bichos pequenos. Os outros animais os comiam ou mesmo alguém desesperado, na miséria, roubava algum pra comer. Quando o problema era um predador, geralmente, cobras, cachorros, gatos selvagens e até raposas, ligeiro os homens davam conta, e a coisa estava encerrada. Quando era alguém roubando pra matar a fome e, então, percebia que os homens de Demétrius já estavam na cola, os roubos logo cessavam. Eles estavam acostumados com esse tipo de coisa. Mas dessa vez era diferente. Estavam desaparecendo muitos animais, de todos os tipos, até mesmo os grandes. Enfim, Demétrius foi informado disso e, imediatamente, incumbiu alguns de seus homens para resolverem a questão. E que resolvessem logo. Ele não gostava mesmo de esperar. Todos sabiam.

Dia foi, dia veio, enfim, pegaram o ladrãozinho. Um magricela espinhento, ocioso, problemático. Era filho de um dos trabalhadores da fazenda. Quando o pai ficou sabendo, muito decepcionado com a ovelhinha desgarrada, permaneceu do lado de Demétrius. Amarraram o menino, deram-lhe uma surra de cipó, daqueles que dobram até fazer um ó e não se quebram, moeram-no os dedos da mão pecadora e, por fim, deixaram-no ali, amarrado a uma árvore. Demétrius apenas ordenou que lhe dessem uma surra de cipó e, depois, que o deixassem de molho até pedir perdão. Não renunciaria a isso por nada. O menino precisava aprender desde cedo o que é seu e o que é do outro. Parecia ainda não saber. Demétrius pediu autorização ao pai do fedelho para mandar dar a sova, e, sem titubear, o velho autorizou: "Sim, casquem-lhe o cipó, sem pena". Mas era só uma surra e, depois, que o deixassem amarrado. Ora, ele pediria perdão logo, logo. Esta fora a ordem. Estropiar uma das mãos do menino ficou por conta dos homens de Demétrius. Eram estranhos aqueles homens, viu? Todos muito dedicados, pais de família, trabalhadores, tinham até um bom coração, pode-se dizer, mas, sei lá por que cargas d'água, vez em quando, ficavam possuídos. E até se divertiam muito com a coisa toda. Talvez fossem as privações, a vida miserável que a maioria levava, uma saga toda de subserviência, de lida dura, de sofrimentos. Sabe-se lá. De quando em vez, um desaparecia e Demétrius, tempos depois, ficava sabendo que estava preso em alguma cidadezinha nos cus de Judas porque matara um homem, sabe-se lá também por quê. Às vezes, nem havia motivo. E o que isso importava? Geralmente, é o que diziam, tinha a ver com álcool, jogo, mulher, apostas, desavenças, entre outras tantas coisas. E depois de feito, nunca se arrependiam. "Não. Ah, isso não. Havia ainda um bocadinho de decência, né? O que tá feito, feito tá", era o que diziam. Depois tocavam a vida como podiam: arrastando mortes e mais mortes, dissabores e mais dissabores, intrigas e mais intrigas, e por isso, era o que parecia, com a idade já avançada, caminhavam curvados, quase a beijar o chão, como que sucumbidos pelo peso dos castigos e não propriamente pela força da gravidade.

A verdade é que o menino não podia nem ouvir o nome de Demétrius. Dizem que até cuspia no chão quando alguém o pronunciava. E, quando Demétrius aparecia, ele já ia saindo de banda feito um rato que sente o cheiro do gato. Desaparecia pelas veredas, e só se ouvia, ao longe, dentro da mata, os "arres!" e os "éguas!", seguidos de cuspidas e mais cuspidas por entre as frinchas dos dentes podres. Atrevido era pouco. Muito pouco. Era o que os homens diziam dele.

Mas acho que me perdi um pouco, não? O que eu dizia antes? Deixe-me pensar. Ah, sim, voltando, Demétrius resolveu aparecer lá em casa. Isso. Quem sabe para ele mesmo nos expulsar de suas terras. Como disse, ele não gostava de se meter nessas coisinhas, mas, sabe-se lá por que — talvez mesmo coisa do destino —, ele apareceu. Chegou silencioso e liso feito uma serpente. Apeou-se do seu cavalo, o Azulão, e deu uma boa-tarde a todos nós. Apertaram-se as mãos, meu pai e ele, e logo começaram a conversar. Falaram da vida, do clima, da fazenda, do trabalho, das secas, de outras tantas coisas. Meu pai foi logo lhe explicando tudo: que ia, sim, falar com ele, que estava se ajeitando, tentando achar um rumo. Precisava de um trabalho. Pedia desculpas e tudo mais. Explicou que estava ali ele, a mulher — minha mãe foi se achegando — e os três filhos: a mais velha, de quinze anos, a do meio, de onze, e o caçula, de sete. Estavam mesmo muito necessitados. Se o patrão pudesse fazer alguma coisa. Enfim, meu pai soltou toda a sua cantilena. Depois, os dois ficaram em silêncio, falando apenas com os olhos tagarelas deles. Foi quando meu pai ofereceu um café que minha mãe acabara de fazer com o pó que sobrara. Demétrius tomou um gole, mais outro, elogiou o café e depois numa voz mais mansa, como quem passa um algodão no braço de alguém para aplicar-lhe uma injeção, por fim, perguntou se poderia conhecer a filha mais velha. Disse que estava precisando de uma menina assim na fazenda. "Quem sabe, né? Se gostar dela.", disse isso e olhou para o seu café. Olhar manso de pouso de pássaro, de silêncio da mata, de ronronar de rio, de tarde modorrenta. Os olhos ali dentro feito Narciso mirando-se no fundo preto do copo. É que na verdade, há tempos, Demétrius queria se firmar com uma mulher. Até que tinha se envolvido com algumas quando era ainda muito jovem e estudava na capital ou mesmo fora do país, mas não passaram de envolvimentos esporádicos. Ele não havia se interessado muito pelas moças de lá. Muito bonitas, sim, mas lhe pareciam todas muito agitadas, resolvidas, maquiadas, todas elas com ares de fim de mundo. A impressão que lhe davam era a de que ele não cabia na vida delas ali. Tudo parecia muito arrumado, inteiro, sem a necessidade de uma outra metade. Demétrius gostava mesmo era da beleza das meninas dali, da região, da fazenda. Aquela beleza rústica, de cara limpa, inocente feito uma rosa delicada que acabara de se abrir e que logo receberia os primeiros raios de sol, as primeiras gotas de chuva. Era isso. Já ia muito tempo que estava só. Gostaria de alguém para dividir a vida com ele. Até que gostava da solteirice, sim, tinha lá as suas vantagens, mas já gostou mais, e, com o tempo, a solidão foi pesando, pesando, arrastando-o para o fundo. Isso foi o que ele me disse depois de alguns anos.

Minha mãe, ligeira como um soldado que recebera ordens de um superior, enxugou as mãos em seu surrado vestido e logo veio me chamar. Eu via e ouvia tudo, ali do quintal, junto da minha irmã e do meu irmão caçula. Então, olhei longe, longe, lá onde a terra e o céu se encontram e formam um risco feito a assinatura de Deus na escritura do mundo. Sim, olhei aquilo como um pássaro agitado, medindo o tamanho da fuga, o poder do voo, a força das asas. Meus olhos eram como fogo queimando na mata e meu coração pulava no afã de escapulidas. Queria ficar, mas queria partir. Para onde? Não sabia. Talvez, apenas seguir a direção do vento, o seu cheiro. Meus medos vinham como revoadas, e meus desejos flutuavam em contorcidos silêncios de prata feito os peixes no fundo do rio. O que aquele homem queria comigo, meu Deus? Ouvi quando ele perguntou se podia conhecer a filha mais velha. A mais velha era eu, ora! "Tem quinze anos, você disse?", Demétrius perguntou ao meu pai. Ouvi isso. Fiquei gelada na hora porque já tinha visto muitas famílias darem os seus filhos, e principalmente as filhas, porque não podiam mesmo criá-los. As secas eram cruéis, insanas, consequentemente, os homens e as mulheres perdiam os empregos e muito em breve, mergulhavam numa vida de miséria, e por isso, tinham, na maioria das vezes, contra a vontade, de se desfazer de alguns dos seus filhos, ou mesmo de todos; mais ou menos como um pescador num barco avariado precisa jogar fora os peixes que até então pegara no mar para ele não afundar também com barco e tudo.

Quando eu apareci na sala, encolhida feito uma trouxa de roupa suja, segurando no vestido e olhando meio para o homem e meio para o chão, ele pigarreou e me olhou como se me atravessasse. Depois, foi o que pensei, ele quis esconder os dois olhos aturdidos dentro do copo de café, mas não conseguia, foi o que achei, pois logo estavam novamente em cima de mim feito lâminas dilacerando minhas retinas, feito mãos empurrando a porta. Parecia seguro, forte, mas, ao mesmo tempo, agitado, frágil feito um animal arisco e valente preso em uma armadilha. Depois, tirou coragem de algum lugar lá dele e me dirigiu a palavra: "Qual é sua graça?". Eu não respondi. Só apertei mais as pontas do vestido entre os meus dedos suados, fechei a cara e continuei olhando ele de baixo para cima com ainda mais fogo nos olhos. Foi minha mãe quem respondeu por mim: "É Sula, patrão". Ele só disse um "hum", baixinho, e procurou de novo esconder aqueles olhos dissimulados dentro do copo de café.

Havia inúmeros motivos, mas o que sempre diziam era que os homens mais velhos, a maioria estabelecida, casavam-se com as meninas mais novas porque ainda queriam uma renca de filhos.

Quanto mais, melhor. Depois eu iria saber que, quando um homem pergunta a outro se ele pode conhecer a filha mais velha, solteira, não precisava dizer mais nada. Quer dizer, até podia. Podia se negar a mostrá-la. Porém, precisava ter condições de criá-la. Ora, vi muitos meninos e meninas morrerem porque os pais não conseguiram mesmo sustentá-los. Eram menininhos e menininhas magrelos demais, com a barriga inchada demais e os olhos esbugalhados demais. Coisa de doer na nossa alma cansada de doer. Morriam, e depois, a família estropiada, no corpo e na alma, saía pelas veredas, levando aquele corpinho minguado, dentro de um caixãozinho improvisado, ou até mesmo numa caixa de sapato — era o que parecia — ou numa rede, em trapos, sei lá mais. E lá ia toda a família numa triste ladainha. Os passos secos e vacilantes sobre os pedregulhos. E lá iam, tristes, calados, sisudos, sob um sol raivoso, assassino. Estrela irada jogando suas lágrimas de fogo sobre aqueles infelizes, ali, levando aquela coisinha que já ia embora de vez sem nem bem ter pisado no mundo. Aquela semente que nunca seria árvore. Aquele anjinho sem asas em seu primeiro e último voo.

Bom, era isso, como meu pai também não podia mesmo nos criar, pois estava sem trabalho, sem rumo, sem nada, e, ainda por cima, morando ilegalmente numa fazenda, e na iminência de ser expulso pelo dono, fui embora com Demétrius naquele dia. Isso é que é a verdade. Ele nem bem deixou minha mãe fazer a minha trouxa. Agitado, já devolvendo o copo para ela e deixando-lhe um obrigado pelo café, disse-lhe: “Não, não precisa, deixe para a outra. Eu darei tudo a ela. Cuidarei dela. Darei do bom e do melhor, podem ficar sossegados, não se preocupem”. Disse ainda que podiam ficar onde estavam. Ele iria ajudar a terminar a casa. Também mandaria víveres, roupas, sapatos, dinheiro, o que precisassem. Era só falar. E até já podiam começar a trabalhar para ele.

Sim, nos próximos dias, enviaria alguns de seus homens com uma lista de demandas.

Ah, meu pai e minha mãe não cabiam em si. Enquanto Demétrius ia falando, entreolhavam-se. Ora, um pouco antes, estavam sem eira nem beira, e agora trabalhavam para um dos maiores fazendeiros da região. Meu pai esforçava-se para permanecer sério, mas o sorriso vinha de novo e de novo e parecia querer lhe tomar toda a cara bisonha de alegria. A da minha mãe não ficava atrás. Então, permaneceram ali, os dois, ouvindo Demétrius e tentando esconder a felicidade, assim, como um banguela procura ocultar o sorriso.

E lá fui eu, à garupa do Azulão. Cavalo bonito aquele, de relincho elegante, crina macia que nem seda, a pele brilhando ao sol. Eu de um jeito como quem busca um lugar no mundo. Meu peito arfando, de medo do desconhecido, de ansiedade por mudanças, de sei lá. Ah, lembro-me das minhas coxas de fora e eu tentando, a todo custo, vez em quando, cobri-las. Era porque eu usava um vestido menor do que o meu tamanho, doado por uma amiga da minha mãe que trabalhava na outra fazenda. Sua filha havia crescido. Eu também havia crescido, e muito, mas o fato é que ela tinha dinheiro para comprar um vestido novo, minha mãe não. Por isso, as minhas coxas ali, ao relento, e sob os olhos ligeiros de Demétrius, que, ora ou outra, fingia entreter-se com os seixos no caminho, mas, na verdade, olhava para as minhas coxas escuras, para os meus joelhos redondos e lisos feitos berinjelas. Enquanto isso, eu me segurava mais e mais a ele, pelo medo de cair do cavalo. Não me refiro a cair do animal, entende?, afinal de contas, minhas mãos cheias de ódio, indiferença e unhas sujas estavam bem firmes na cintura delgada dele. Refiro-me mesmo aos tropeços da vida, a cair dos meus desígnios. Se é que eu tinha algum. Sim, já sabia que não podia pular amarelinha para o resto da vida. Sob as solas dos meus pés, ardiam ainda os últimos pulos de corda das nossas brincadeiras para afugentar as preocupações diárias, mas eu tinha consciência de que logo teria de pular outros obstáculos. Sabia que devia, desde já, largar as brincadeiras de boneca com minha irmã mais nova e deixar de correr pelo mato, com meu irmão caçulinha, atrás de passarinhos. Sabia também do momento difícil o qual vivíamos, mas, ao mesmo tempo, era estranho, eu ali, com aquele homem desconhecido, muito mais velho do que eu. Tinha mesmo muito receio daquele futuro no qual eu enlaçava fortemente a cintura.

Ainda lembro da minha mãe com os braços largados ao corpo, o vestido velho de sempre, meu pai escorado na porta da casa, uma perna descansando na outra — era assim que descansava da lida —, minha irmã segurando a sua boneca de milho e o caçulinha, barrigudo, cabeçudo, de olhos assustados de mundo, trazendo, em uma das mãos, a velha bola de meia e areia feita pelo meu pai. Todos me olhando em seus silêncios cheios de palavras impossíveis. Palavras que, mesmo sem ser pronunciadas, tocam-nos feito ferroadas de marimbondos. Ah, todos aqueles olhos cheios de esperanças, medos, impotências e culpas. Todos eles ali feito um quadro pintado com a tinta da tristeza mais doída, envolvidos pela moldura dura das grandes impossibilidades. Um velho quadro na parede da minha triste partida.

E eu, num sacolejar sonolento, sentia-me já como um viajante que olha para trás e percebe o quanto está longe do lugar de onde saiu — e não há mais volta, sabemos disso — e que, depois, olha para a frente e não sabe ao certo que rumo vai tomar. Além do mais, havia um cheiro adocicado, forte, de perfume vencido, suor e fumo. E esse cheiro me deixava tonta, me confundia, um desnorteio só. Esse é o cheiro de Demétrius.

Então, era isso, meus pais estavam naquele momento da vida em que ou se pula do abismo ou morre-se de fome e tristeza sobre ele. Pular ou não pular não fazia a menor diferença. Mas não foi sempre assim, sabe? Antes, trabalhavam, há anos, numa outra fazenda. Lá vivíamos bem. Tínhamos casa, comida, escola e lazer. Meus pais davam duro do nascer do dia ao chegar da noite, por isso, não nos faltava nada. Tudo ia bem, até que um dia o patrão chamou os dois e os demitiu sem pena, alegando as secas, a crise na fazenda e outras tantas desculpas. Ele não estava de todo errado. A vida estava mesmo difícil. Mas o fato é que meus pais se viram à deriva. A fazenda de Demétrius ficava a poucos quilômetros de onde estávamos. Então, fomos a pé, arrastando tralhas e incertezas. Chegamos cansados, abatidos, mortos, e ali, sob uma grande árvore, numa sombra doce feito mel, adormecemos. Durante aqueles dias, comemos frutas, raízes, pescamos uns poucos peixes, caçamos pequenos pássaros, bebemos água do rio. Meu pai não tocou em nenhum outro animal da fazenda. Vez em quando, apareciam por ali, mansos feito nuvens. Traziam na pele as iniciais "FL" marcadas com ferro quente. Ele sabia muito bem de quem eram aqueles bichos. E sabia ainda mais que deveria ficar bem longe deles.

Meu pai, em sua luta interna diária, esperava criar coragem para, enfim, falar com Demétrius, mas foi mesmo protelando, protelando, até que precisou levantar uma casinha. Ah, não foi bem isso. Estava mais para uma tapera, uma cabana, um abrigo, uma choupana, sei lá, algo assim. Um cômodo apenas. Era para nos proteger dos insetos, dos bichos, das cobras até decidirmos o que íamos realmente fazer. Todos o ajudamos no nosso casebre. Até que foi divertido. Era distante da casa-grande, mas alguém, uma hora qualquer, iria chegar ali, sabíamos disso. Meu pai só queria um tempinho para criar forças e falar com Demétrius. Já disse, né? Bom, ele sabia que os donos de fazenda não gostavam nada disso. Mas tinha esperanças de que ele lhe desse um emprego. Caso contrário, era só pegar os trastes novamente e cair na estrada. Fazer o quê? Ele protelava também porque não estava mesmo muito certo de ficar. Como disse, eram tempos muito ruins, de incertezas e medos. Talvez Demétrius não os quisesse mesmo ali. Então, para acabar o martírio, em alguns momentos, pensava em pegar logo a estrada de novo. Não queria causar contratempo a ninguém, apesar do inferno no qual viviam. "Zulmira, até quando aguentaremos isso?", era o que meu pai perguntava a minha mãe logo que ele deitava o quengo sobre sua surrada camisa, cheirando a suor, a qual fazia de travesseiro para proteger a cabeça do chão seco e, principalmente, da dura realidade daqueles tempos.

[Vamos trocar o soro, dona Sula? Só vai levar alguns minutinhos, certo?]

II. O CAVALO! O CAVALO! O CAVALO!

O tempo é imaterial, invisível, mas podemos percebê-lo agindo nas coisas, nas pessoas, em tudo. Ele pode, durante muito tempo, esconder-se por trás dos quadros e ficar ali em seu sono dissimulado, silencioso, mas uma hora o quadro cai, ou alguém o retira dali, então, lá está ele, o tempo, nas manchas na parede. Era o que pensava Demétrius, sob o alpendre da casa-grande, esparramado numa espreguiçadeira, num domingo de sol a pino. Observava Tereza Cavalo, ao longe, gesticulando muito e olhando para um lado e para o outro. Os homens a sua volta ouvindo-a como se ela falasse dos grandes segredos da existência. Um deles, escorado na porteira do curral, a mão no queixo e os olhos concentrados nela. O outro, braços cruzados e apoiados sobre a pança imensa e os olhos embevecidos nela, o terceiro, debruçado no capô do jipe, mão no queixo, a bunda para cima e os olhos nela. O que estaria falando para eles? Perguntou-se.

Era Tereza Cavalo pra cá, Tereza Cavalo pra lá. O tempo todo. Ah, fala com Tereza Cavalo que ela resolve. Pergunta a Tereza Cavalo que ela deve saber. Vai pra capital? Precisa de um remédio certeiro? A mulher foi embora? Ah, Tereza Cavalo te ajuda. É Tereza Cavalo quem cuida disso e daquilo. Ah, sobre aquilo outro, só mesmo com Tereza Cavalo.

Alta, magra e muito esperta, Tereza logo que chegou à fazenda já pôs ordem em muita coisa. Em poucos meses, abandonou os vestidos e logo aderiu às calças de montaria e às camisas de mangas dobradas até os cotovelos. Calçava botas de vaqueiro, adorava montar a cavalo. E montava bem. Melhor que muitos homens ali. Aprendeu rápido e gostava mesmo. Em pouco tempo, já conhecia todos os bichos pelos nomes, e, quando algum deles comportava-se de forma estranha, ela já chamava o doutor. Era batata. Sempre que dava uma longa volta pela fazenda, chegava cheia de recomendações. Não chateava Demétrius com isso ou com aquilo nem dissertava longamente sobre esses problemas, não. Sentava-se, fazia uma lista do que achava que tinha de ser feito, depois repassava ao patrão. Ele não questionava nada. Mandava fazer imediatamente. Sabia que ela estava certa. Então, Tereza foi criando importância — ou moral, como diziam os homens — no universo da fazenda.

Ali, na espreguiçadeira, fumando um cigarrinho, bicando uma cachaça de um dos seus alambiques, vendo Tereza Cavalo no seu zanzar — quem a visse de longe poderia dizer que estava brigando com os homens. Até poderia ser, e quando era, era mesmo pra valer, mas ali era apenas o jeito dela. O jeito Tereza Cavalo de ser — lembrou-se do dia em que ela chegou para ajudar nos afazeres da casa. Nessa época era só Tereza. Era a caçula de uma das amigas da mãe de Demétrius. A mãe gostava muito de Tereza. Pouco tempo antes do câncer lhe roubar as últimas energias, disse: "Pegue essa menina pra cuidar de você, da casa, das coisas. Ela é uma boa pessoa, muito esperta, vai ser de grande valia". Então, em pouco tempo, Tereza tornou-se uma pessoa da família. Acertando tudo, resolvendo tudo. Era eficiente e gostava do que fazia. Adorava a fazenda. Dizem que gostava do trabalho pesado desde menina. Era mesmo muito esperta. Demétrius resolveu contratá-la para serviços gerais: coordenar as mulheres na cozinha, organizar correspondências, anotar recados, observar eventuais necessidades de consertos na casa, essas coisas. De início, apenas como experiência. Mas acabou ficando com ela, pois se revelou muito dedicada, organizada, competente. Disso, ninguém podia duvidar.

Porém, havia um episódio na vida de Tereza Cavalo que já era antigo e que, acabara, sim, afundando no tempo, mas, sempre que Demétrius se lembrava, dava ainda umas boas risadas. Não conseguia mais associá-lo àquela mulher ali, tão diferente, decidida, séria, é certo, mas o fato era mesmo engraçado. Um dia, Tereza entrou em casa num alvoroço danado. Parecia correr do Satanás. Ele, Demétrius, sob o grande alpendre, fumava um cigarrinho de palha e conversava com alguns dos seus homens. Ali, discutiam coisas do dia a dia como sempre faziam no final da tarde. Então, ela chegou com tudo. Demétrius, num susto, levantou-se na altura de ainda poder se sustentar nos braços da cadeira, muito sério olhou para ela e logo lhe perguntou: "O que foi, mulher?". Ela, gesticulando muito, só conseguia dizer, "o cavalo! o cavalo! o cavalo!". Ele ainda sem entender, olhando para ela como se a fuzilasse, perguntou novamente, "mas que cavalo?". Foi quando apareceu uma cabeça enorme de um cavalo enorme na porta do alpendre. Estava nervoso, bufando, furioso. Trazia a pica dura como se estivesse diante de uma égua no cio. Conhecia Demétrius, era seu dono, por isso, não entrava na casa por nada — apesar de que era a sua vontade —, pois sabia que poderia levar umas bordoadas. Já tinha levado algumas, noutras vezes, então, estava esperto. Sabia como a coisa funcionava. Por isso, ficou ali, num vaivém, num resfolegar sem fim, mexendo nervosamente a cabeça e a pica cada vez mais dura. Tereza já estava lá na cozinha, encolhida. Foi preciso oito homens para segurar o maldito cavalo. Quando este estava seguro, mais calmo, a pica amolecendo, Tereza apareceu lá fora para se certificar de que ele já tinha ido embora, e lá se foi novamente a paz do bicho. A pica subiu feito um guindaste, um joão sem braço, um porrete de borracha, uma alavanca. Logo começou a resfolegar, a gemer, a dar coices novamente, a rodar em si, e, nisso, os homens precisaram segurá-lo novamente. Ele queria aquela mulher ali a todo custo, e pra já. Demétrius disse que dava pena do bicho. Já ficara noites imaginando uma mulher e a coisa doía como os diabos. Era um vazio cheio, uma dor num braço amputado. Entendia o cavalo. Mas fazer o quê? Ele que se aquietasse, evidentemente, e fosse procurar uma égua para acalmar os ânimos desenfreados.

Demétrius, apesar de muito curioso com o episódio inexplicável, deixou que ela ficasse em seu quarto em suas meditações bisonhas, mas, no dia seguinte, finalmente, perguntou-lhe sobre o ocorrido. "O que acontecera realmente ali?". Insistia Demétrius. Tereza disse que não sabia exatamente. Era tudo muito turvo. Acontecera de forma muito rápida e estranha. Estava um calor dos infernos. Por isso, usava um de seus vestidos leves, finos. Ia passando tranquilamente, então, feito o bafo do capeta, veio um vento traiçoeiro e ergueu o seu vestido. Foi quando o cavalo veio pra cima dela. No primeiro momento, não acreditou. O que queria, enfim, aquele cavalo? Perguntou-se. Mas depois viu que a coisa era mesmo séria. O bicho queria montar nela, até chegou a sentir aquilo duro feito um imenso porrete batendo em seu braço. Ainda pegou um galho ali e ameaçou bater no cavalo, gritou com ele, mas não adiantou nada, estava fora de si, então, ela entrou em pânico e começou a correr. O que mais ela poderia fazer? Correu e correu. Não via a hora de chegar à casa-grande. Concluiu. Demétrius ouvia tudo, enquanto tentava, com dificuldade, segurar o riso. Foi depois desse episódio que Tereza abdicou dos vestidos. Ainda os guardava e usava um ou outro, mas só em alguma ocasião especial.

Mas os seus homens tinham outra teoria. "Ora, cavalo não sai correndo atrás de mulher, patrão, pelo amor de Deus, viu? Sei não, desejo é um negócio medonho, o senhor sabe." Falaram todos, com risinhos desconfiados. "Sim, pode ser, mas não fiquem por aí tentando ensinar valsa a elefante nem comentando sobre o ocorrido. No mundo, saibam, há mais perguntas que respostas. Agora vão trabalhar, preciso resolver outras coisas aqui. Vão, vão, vão." Irritado, disse Demétrius.

Depois desse episódio Tereza ganhou um novo sobrenome: Cavalo. No começo foi difícil, mas o tempo foi passando, a piada foi perdendo a graça e o nome acabou pegando bem: forte, presente, maciço feito um obelisco. O ocorrido já não contava mais. O que contava mesmo era que não havia, na fazenda, ninguém mais prestativo, mais dedicado do que ela. Se Demétrius estivesse procurando algo na casa, nas gavetas, nas malas, nos sacos, algo do qual precisasse muito, ela, sem perguntar, já sabia. Não dava pra entender aquilo. De repente, ela aparecia com o que ele procurava, então dizia: "É isso que você tá procurando?". Dava vontade de beijá-la. Parecia ler seus pensamentos. Muitas vezes, ele estava no escritório, trabalhando duro, e, mesmo sem poder, devido à quantidade de pendências, ele queria dar um tempo para tomar um café novo, antes de voltar com ainda mais energia e retomar os trabalhos, então, ela batia na porta e entrava com um café fresquinho. Realmente, ele não conseguia entender.

Quando algum novato curioso perguntava a ela por que Cavalo?, Tereza logo fechava a cara e rebatia: "Porque sim, ora", retirando-se logo em seguida, deixando o curioso de boca aberta e as palavras dela ainda ecoando na cabeça aturdida dele. Demétrius permanecia com seu típico sorrisinho debaixo do bigode loiro, então, acendia um cigarro, dava um, dois tragos fortes, depois ficava em seu silêncio tagarela, soltando grandes, gordas e risonhas baforadas.

III. UM FRUTO PRESTES A DESPENCAR DO GALHO

Como dizia, fui sem querer ir, não fiquei porque não queria ficar. É a isso que chamam crescer, não? Passamos a deixar de nos pertencer. Tornamo-nos outra, sim? Um dia, explodimos em semente, e feito árvore, crescemos, crescemos e esticamos os nossos galhos na intenção de tocar o azul, então, na impossibilidade, soltamos todas as nossas folhas como uma arenga. É o nosso outono interno. O soltar-se, soltar-se. O desprender-se ainda agarrando-se às raízes. Apesar de já não caber na casa de meus pais e de não querer estar ali com aquele homem de cheiro estranho — confuso, sei —, acho até que já me acostumava aos solavancos do animal. A estrada era toda uma existência. Então, já meio que adormecida naquelas costas de aço com aquele coração, ali dentro, batendo que nem um grande tambor, o cavalo relinchou e, quando dei por mim, pude ver uma casa imensa, que era, fui saber depois, a casa de Demétrius: a famosa casa-grande da fazenda Luzia. Lá, dentro daqueles compartimentos iluminados por lampiões rodeados de insetos, de tempos em tempos, um ou outro estalando, virando fumaça e enchendo o ambiente de cheiro de queimado, uma mulher alta, magra, em gestos decididos, pegou-me como se colhesse um fruto prestes a rebentar do galho e me levou para um quarto branco, grande, com um banheiro imenso. Entrei ali como havia chegado ao mundo. E, enquanto toda aquela água morna caía sobre minha cabeça, braços, pernas e pés, sentia que uma outra de mim escorria pelo ralo. Ia embora para morrer nas entranhas da terra. Eu não era mais Sula. Agora eu era Índia. Lembrei-me, nesse momento, olhando para mim no espelho, de que meu pai havia me dito que minha avó era índia. Disse ainda que eu tinha todos os traços dela: os olhos, o nariz, a cor da pele, os cabelos de graúna, a estatura, a voz, tudo, até o jeito de andar. Portanto, de alguma forma, eu a via em mim. Não, eu não a conheci. Meu pai disse que ela morreu quando ele era ainda um rapazote com uma baladeira no bolso. Mas eu sabia que era um pouco dela ali, da mesma forma que, algumas vezes, encontramos o sorriso de um pai ou de uma mãe no rosto de um dos filhos. Eu via o fogo do qual a minha pequena chama havia se desprendido. Via meu povo, minha aldeia, meu chão. Ouvia os estalos das fogueiras, os cantos lamentosos, doídos, palavras rilhadas numa oração de esperança e dor ao mesmo tempo. Via um rosto tomado de rugas iluminado pela lua. Tudo isso não me vinha como uma imagem. Não. Estava mais para um pesado manto sobre os meus ombros. Não como o peso de um fardo, mas, sim, de uma responsabilidade, de um reconhecimento, de um encontro comigo mesma. Há momentos assim, sabe? E estes, ocorrem, geralmente, quando nos encontramos sem a cola que nos prende ao mundo. Quando qualquer rumo pode ser uma direção. Oxalá! para a luz. Então, ali, diante do espelho, nua, com meus cabelos ainda úmidos, caindo sobre meus ombros largos, podia perceber quem eu era. Por isso, quando a mulher alta, magra, de sorriso acolhedor, fazendo longas tranças em meus cabelos, como se tecesse o meu destino, perguntou-me qual era o meu nome, eu, sem titubear, disse: "Índia". Senti quando ela, por um brevíssimo tempo, cessou os movimentos das mãos em meus cabelos — muito provavelmente para digerir a minha resposta —, retomando-os logo em seguida com ainda mais energia e eficácia.

Com gestos longos e precisos, vestiu-me com um dos seus vestidos de tecido muito leve, de maneira que era como se agora eu possuísse uma segunda pele. Pele de seda que parecia ondear em meu corpo como o vento nas folhas das árvores, como as águas de um rio acarinhando a terra. Depois, fui para o que era agora o meu quarto. Sentei-me na cama tão macia que achei que fosse afundar ali. Olhei para os lados como a procurar, nos cantos do quarto, uma palavra capaz de descrever tudo aquilo. "O que eu estava, enfim, fazendo dentro daquela casa? Como vim parar aqui?", perguntava-me. Ora, era apenas a vida fazendo o que tinha de fazer, indo no seu afã de correnteza, na sua teimosia de relógio. Indo feito um carro veloz alimentado por nossos anseios, desejos, sonhos, medos e tantas outras coisas. E ela não para nunca, nunca. Segue seu curso desenfreado mesmo sem a gente.

Todos os dias, a mulher alta e magra cuidava de mim. E eu já cheirava bem. Assim, como as frutas maduras. E eu até engordava, pois comia com a boca e com os olhos. A mesa farta me enchia de alegria e cada guloseima era um pedaço de um mundo novo. Era a deliciosa geografia dos sabores. Dias e dias assim. E eu rodava pela casa com todas aquelas portas e janelas trazendo tudo lá de fora para dentro: o sol, o cheiro dos eucaliptos, o canto dos pássaros, a labuta dos homens e das mulheres, tudo. As cortinas, brancas, leves, eram como noivas dançando de felicidade. Então, como um sudário negro, a noite chegava. Ligeiras, Tereza e algumas mulheres acendiam os lampiões, e as efemérides aproximavam-se com seus voos desordenados e cheios de zumbidos. Logo ouvíamos os estalos e sentíamos o cheiro de queimado tomando o ambiente. Fumacinhas subiam doídas feito os espíritos pequeninos buscando a imortalidade pequenina. Oh, Deus, o céu enchia-se de furos, e por estes, o dia preso dentro da noite, vazava suas luzinhas inquietas. Eram as estrelas derramando seus brilhos de prata sobre tudo e todos. O grande relógio, escuro, sisudo, pregado na parede feito um crucificado a marcar, não a hora das nossas urgências, dos nossos compromissos, dos nossos remédios, mas, sim, o tempo que ainda nos resta.

A contagem lenta e regressiva do nosso nascer a nossa finitude. Sim, eu rodava pela casa e pensava que a qualquer momento pudesse dar de cara com algum compartimento secreto, ou cair em algum alçapão, ou mesmo, desaparecer por alguma porta mágica. Sei lá. Dias e dias assim, nesse zanzar à toa, malemolente. Mas havia um propósito, sim, havia. E nesse caminhar de mim mesma, nesse ir e vir, nesse rodopiar, eu sabia que, assim como uma fruta brota para os que têm fome, eu nascia, pouco a pouco, para os desejos sedentos, famintos de Demétrius.

E então, dias depois, ele veio sorrateiro e me disse palavras ligeiras, bonitas, incompreensíveis. Elas caíram sobre mim feito uma cachoeira. Não entendi mesmo nada do que ele me dizia, mas, ao mesmo tempo, era bom ouvi-lo. Era como alguém falando em outra língua sobre um mundo bonito que ainda ia ser criado. Havia uma lentidão e uma pressa em seus movimentos. Recuava como se avançasse, avançava como se recuasse. Seus olhos engoliram os meus e, quando vi, ele estava enroscado em mim feito uma jiboia num bezerro. E eu não tinha forças. Não porque estivesse fraca, não, mas porque me sentia, dia a dia, cada vez mais forte ali nele. A minha fraqueza era a fortaleza que não queria reagir. Estava com toda a força do mundo, mas não para lutar contra aquele homem cheirando a perfume vencido, suor e fumo, ali, sobre mim, mas, para agarrar-me cada vez mais a ele. Era meu corpo abrindo-se como a flor rubra de carne, e sumo, e sede, e fome. Era como encontrar o caminho de casa, como achar o centro do meu mundo, o meu lugar. Ali estava aquele homenzarrão querendo entrar, povoando a minha pequenina casa que agora era também dele. Aquele homem em mim, rasgando as minhas entranhas como o meu inimigo e o meu defensor, como o meu violador e o meu amante. E que ele me invadisse com toda aquela força, e que ele entrasse com todos aqueles gemidos e suores, com todo o seu ser imenso. Aquele homem em mim, manuseando firme o seu arado, trabalhando a minha terra virgem, cavando, abrindo as minhas matas púberes. Plantando a sua semente dentro da minha terra úmida e quente. Aquele homem fora de mim e tão dentro como se nunca mais fosse sair. Como se ali tivesse nascido. Ou como alguém que havia perdido de vez o caminho de casa. O amor não nos chega, nos invade, rasga-nos numa dor boa. Não pousa, cai como um fruto maduro e, assim, esparrama o seu cheiro e seu sabor na terra que o arrebenta, que o viola, que o dilacera, e então, tudo se perfuma, tudo se povoa, tudo se torna uma coisa só: fruto, chão, ar, céu, ele, eu, nós.

E nisso, como dois rios, um de espanto e um outro de medo, misturou-se um terceiro. E este rio foi crescendo, invadindo, engolindo os outros dois. Amor, posse, obsessão, loucura, chame do que quiser. Comecei a querer este homem como alguém que está se afogando e quer a superfície, quer respirar, quer viver. No começo, talvez pela tensão, sentia e não sentia quando ele me penetrava. Abria as pernas úmidas quando ele me olhava de um jeito diferente e sabia quando ele tinha terminado. Então, uma cápsula lamentosa se soltava de mim num desencaixe lento e pegajoso. Era quando ele caía para o lado, suspirava fundo e logo acendia um cigarro. Não dizia nada, e eu não sabia o que dizer. No meio disso ficava um silêncio enorme. Então, perguntava-lhe se podia ir tomar água ou pegar uma fruta, apesar de ele já ter me dito várias vezes que eu não precisava pedir nada porque agora eu era a dona da casa. Mas eu sempre pedia. Não havia jeito. Isso cresceu comigo, assim como meus braços e minhas pernas. Hábitos difíceis de abandonar quando o espírito se molda na forma rotunda da obediência, na aspereza da subserviência de joelhos carcomidos, nos olhos para o chão dos pássaros sem voos, na timidez, na lida dura, na queda iminente. Estas, todas, filhas das privações, da ignorância, da miséria, da lama, do medo.

Mas com o tempo — não demorou muito — sentia cada centímetro dele. Meu corpo todo notava aquele deslizamento para dentro como se fosse a minha alma voltando ao corpo. Era o preenchimento. O sopro da vida em carne. O ir e vir. Aquilo roubando-me para devolver-me a mim. Como um ladrão que rouba de si mesmo. Era bom, era bom. E eu queria, e eu queria. Quando ele saía de mim, deixava um vazio maior que o mundo e, quando entrava novamente, trazia todos os mundos com ele. Vinham enroscados em ânsias de nascimento e morte. Sobre mim, ele se contorcia como quem se lambuza num fruto exótico. Era como um anjo no colo de um Deus. Palavras obscenas que soavam como bênçãos, gritos que ecoavam como hinos. Então, pedia-me coisas que já as tinha, mendigava pratos que já estavam na mesa do seu banquete aflito e faminto. Às vezes, perdigotos caíam em meus olhos e eu recebia-os como gordas gotas de uma chuva que nos daria uma boa colheita muito em breve. Ele se apressava dentro de mim como se eu pudesse, a qualquer momento, fugir dele. Como se aquilo não passasse de um sonho e, então, viesse a se desvanecer muito antes de ele perfurar a fina e lasciva película da minha essência em carne, e fibra, e alma, e vida. Assim, ele corria, corria. Cada vez mais rápido. Era como se quisesse pegar um trem. Um trem que corria dentro de mim. Como se quisesse atravessar um grande rio. Um rio que também corria dentro de mim. Quem olhasse de longe poderia achar que ele tentava me matar: as duas mãos no meu pescoço, as minhas, delicadamente, envolvendo os punhos dele e todo o seu ser em convulsão, trepidando, morrendo. O meu em estremecimentos, como se de mim quisesse nascer um anjo da oitava hierarquia celeste. Ora, era apenas o meu magma, lá do fundo, querendo subir, subir, subir feroz e queimar toda a terra. Metade daquele homem fincada em mim feito uma bandeira demarcando um território recém-conquistado, e a outra metade dentro do quarto. E os gritos loucos. Dele, meus, nossos. Todos eles ricocheteando nas quatro paredes do mundo.

E, com o tempo, ele não caía mais para o lado. Ficava em cima de mim enquanto, exausto e satisfeito, derramava os seus últimos apelos, seus derradeiros movimentos, seus lamentos impossíveis feito os bois da fazenda, que, depois de golpeados, vão cedendo à morte, devagar, devagar, devagar. Derramava-se, e eu podia sentir seu vexame caindo dentro de mim em gotas pastosas, feito uma torneira aberta vertendo mel. Eu o abraçava como se ele fosse um bebê — e não o era? — e eu até podia dizer que o ouvia chorar — e não chorava? — Por dentro, devia estar mesmo chorando. Um choro enviesado. Nas mais secretas e turvas bainhas do seu ser insondável. Eu apertava-o mais e mais, até que ele adormecesse em mim, e, então, esquecesse quem era, onde estava, qual o seu real propósito no mundo, quais as suas urgências. Pelo menos por alguns instantes. Alguns instantes apenas. E estava bom.

Sim, talvez uma obsessão, pode ser, pode ser. O que sei é que eu conhecia bem a quebra do ritmo, os puxões, os gemidos, os apelos, a sofreguidão, a morte temporária. E quando ele, exausto, como muitas vezes ficou ao meu lado, deitava a cabeça nos meus seios como a pedir morada, o descanso definitivo, eu logo os concedia como a uma terra prometida, sagrada. Ali, construiria seu templo, sua religião, seu povo, sua história. Ali deixaria seu sangue, suas pegadas, seu suor, sua dor.

Ah, e eu, no escuro, em meio ao choro e ao riso do prazer, banhando-me no terceiro rio, sob as ruinas de um palácio invisível, sob os efeitos das unhas delicadas da delícia e seus arranhõezinhos. Ah, e eu, como a ver toda a horda de anjos e demônios, lentamente, deslizava meus dedos delicados, trêmulos e ainda famintos sobre seus cabelos como Eva deve ter acariciado a cabeça de Adão depois de um dia de trabalho duro. Sim. Então, apurava mais o nariz e logo sentia aquele cheiro que muito odiei durante algum tempo — era mesmo ódio? —, o cheiro do corpo dele: perfume vencido, suor e fumo. Sentia isso e a solidão tão minha, tão entranhada em meu ser, diluía-se na noite e eu não tinha mais medo de nada, de nada, de nada. Éramos um só. O ser completo, inteirinho, muito antes da maldição de Zeus. Dos nossos gritos ensandecidos, um som apenas podia ser ouvido, apenas um: o do eco da unidade.

[Dona Sula, podemos aferir a sua pressão agora?]

IV. UM GIBÃO CAIRIA MELHOR

Apeou-se do Azulão, tirou a menina da garupa do belo cavalo e logo pediu a Tereza que lhe desse um banho, que a perfumasse, lavasse e tratasse dos cabelos, enfim, cuidasse dela. Pediu-lhe também que a vestisse com uma de suas roupas e que depois fosse à cidade comprar alguns bons vestidos. Era só tirar as medidas dela. Disse ainda que Tereza tivesse cuidado, pois aquela menina bonita ali, muito em breve, seria a esposa dele. Depois, com um sorrisinho por baixo do bigode, foi ao escritório ligar para Rufino. Isso se as pilhas Rayovac do telefone estivessem ainda boas. Caso contrário, escreveria para ele. Queria mesmo que o padre abençoasse a relação. Não acreditava em Deus, era o que pensava, mas, definitivamente, os rituais da Igreja, apesar de tudo, o sensibilizavam. Além do mais, gostava de Rufino, eram amigos de longa data. Sabia também que ele ficaria mesmo feliz com isso. E outra: o padre adorava um bom vinho. E os dois tomariam vinho feito gregos.

No início, Índia ainda sem jeito — aquela era a casa de um patrão e eles não tinham o costume de zanzar por aqueles compartimentos, muitas vezes, nem mesmo tinham a permissão — dormiu num quarto separado. Sabia que, uma hora, aquele homem iria procurá-la no escuro, sob os cobertores, em sua pele. Era menina, mas não a ponto de não saber disso. Era como ver um navio longe surgindo nas brumas, mas podia perceber que era um navio. Sabia também que todas as coisas pertencem ao tempo: ser guloso, sem sombra, sem corpo, sem pegadas, sem chapéu e que nunca abandona a estrada. Demétrius não via a hora de ir ter com ela, mas queria que dessa vez fosse diferente. Queria começar do começo. Criar o mundo pela cabeça e não pelo rabo. Não pretendia reinventar o fogo, nem colocar mais uma cor no arco-íris. Apenas fazer as coisas como devem ser feitas. Padre Rufino um dia lhe disse: "Faça o que tem de fazer, mas faça direito. Não traga alguém para ser habitado pela casa, mas, sim, alguém que a habite. Não alguém que receba ordens da casa, mas alguém que coloque ordem nela". Era bom com as palavras aquele padreco. Pensava.

Demétrius queria uma cerimônia privada, íntima, poucas pessoas. Tereza Cavalo tinha cuidado de Índia todo esse tempo. Não era mais aquela menina arisca, cabelos desgrenhados, de pele manchada, de sorriso amargo e olhos assustados. Estava mesmo bela. Podia-se notar os olhos de Demétrius perdendo-se sobre ela. Era um sorriso numa mescla de orgulho e lascívia.

Ele pegou o seu terno. Quanto tempo não o usava. Sentiu-se estranho dentro dele. Talvez, um gibão cairia melhor. Disse. Mas acabou se adaptando. Tereza Cavalo deixou-o tomando ar para ver se perdia aquele cheiro de guarda-roupa e naftalina. Padre Rufino chegou e até já tinha tomado umas duas taças de vinho. Estava mesmo bem risonho. Parecia que era ele que ia se casar. Mas, como sempre, fez bonito com as palavras. Podia-se dizer que até ficou com os olhos marejados. O que o vinho não faz. Rindo, pensou Demétrius.

Enfim, estavam casados. Quando terminou a cerimônia, ficaram todos ali no alpendre, tomando vinho, conversando animados. As mulheres iam e voltavam com petiscos e mais petiscos. Havia um generoso parmesão bem no centro da roda da conversa. Tereza Cavalo, sentada, com sua taça, falava sobre o casamento dos pais dela: "Ah, como foi bonito". Padre Rufino, ainda mais feliz, vez em quando bebericava seu vinho, mordiscava um pedaço do queijo e sorria para todos. Sentia-se o próprio Cristo em meio à Santa Ceia. Ciço, Drigo, Dão e os outros homens de confiança, de tempos em tempos, vinham cochichar no ouvido de Demétrius ou no de Tereza Cavalo. Eram as urgências da fazenda que não cessavam nunca. Eles ficaram rondando por ali, nas imediações da casa-grande, feito fantasmas nascendo e morrendo das sombras. Os rifles entre os braços cruzados como que acalentando bebês mortíferos. Vez em quando, Demétrius assobiava, ou Tereza os chamava pelos nomes, e eles vinham beber algo. Muito tímidos, chegavam silenciosos e desapareciam sem nem ser notados. Demétrius já os conhecia bem. Eram assim e não havia mesmo nada que os pudesse mudar.

Os insetos explodiam nos lampiões. Uma coruja cortou o céu. Ouviu-se os relinchos, os mugidos, vozes na estrada. Um carro de boi passou arrastando sua cantilena, um homem assobiou. Gargalhadas vinham da casa-grande, perdiam-se dentro da mata escura. Noite quente, mas, vez em quando, vinha um vento forte e balançava as folhas das árvores num sussurro de moribundo. Algo se arrastava rapidamente pelas folhas secas e se escondia em algum lugar. Tim-tim: "Aos noivos". As mulheres trouxeram mais petiscos esfumaçando. Demétrius abriu outro vinho num *ploc* sonoro, e Rufino, sorrindo, olhinhos apertados, logo estendeu a taça. Mais gargalhadas, mais palmas, mais tintins. A moenda ao longe, de pestanas decaídas, tentando repousar para o ranger dos seus ossos logo bem cedo. A estrada do rio indo e voltando parada. A lua grande e lisa feito uma imensa gota de tinta amarela sobre a tela preta da noite.

Índia foi para o quarto. Ia silenciosa. Demétrius ainda ficou um pouco. Ele reparou quando ela entrou. Tereza Cavalo continuava falante, Rufino estava falante, o patrão estava falante, estavam todos felizes e falantes. A conversa ia boa. Mas tudo que começa, termina. Então, cada um juntou as sobras de si e seguiram as próprias estradas. Aquelas que nos levam a nós mesmos. Àquilo que somos e do qual não podemos fugir. Demétrius deixou um bom vinho fechado com Rufino. Este sorria como se fosse o próprio Deus lhe repassando a salvação, a chave do Paraíso. Alguns lampiões foram apagados e a noite cresceu ainda mais.

Demétrius seguiu o caminho do seu quarto, agora também o quarto de Índia. Ele ia com todas as fibras do corpo repuxadas como as cordas de um instrumento prestes a rebentar. A porta estava só encostada. Por uma fenda vazavam retalhos da noite. Quando Demétrius entrou, Índia devia estar em divagações profundas, porque não ouviu o ranger da porta, os passos fortuitos, muito menos viu a silhueta esguia de Demétrius. Ele estava parado como a contemplar a fruta do Paraíso um pouco antes da mordida. Quando o notou, logo puxou os cobertores para si, sentou-se na cama e cruzou as pernas. Os olhos de Demétrius ergueram-se como leões divisando uma presa passeando faceira na savana. Como o urso polar, no deserto branco de gelo, apurando o nariz para melhor apreender o cheiro de alguma foca distraída por ali. É o tempo particular. Independente do mundo externo. Os insetos desafiavam o lampião do quarto em suas buscas ensandecidas. Demétrius mordiscou os lábios como se estivesse tentando guardar o gosto daquele momento único.

Isso, vamos, prepare os seus exércitos, erga todos os muros, recarregue as catapultas, abra os calabouços, os alçapões, monte as armadilhas. Isso, prepare as suas lanças, afie todas as facas, aprume os arcos, feche o cerco e o portão principal. Com unhas e dentes, defenda este império pequenino de carne e nervos e fibras e sangue. Isso que estremece os impérios de concreto, que destrona reis e rainhas, que enlouquece homens e mulheres, que afugenta animais, que derruba castelos, bloqueia estradas, derruba decretos. Isso, isso, vamos, relute, fuja, brigue, grite, esperneie, chute, arranhe, morda, morda, morda, pois é dessa frágil resistência que se alimenta o meu exército firme e sempre em marcha. Avante! Todas essas imagens vinham a sua mente e o punha em fogo. Então, feito uma serpente, esgueirou-se por debaixo dos cobertores pronto para lidar com todos aqueles vulcõezinhos em erupção naquela pele quente de medo, desejo, espanto e curiosidade. Pele de sim disfarçada de não.

V. ÍNDIA, BOM DIA! QUERO COMER, MENINA, VEM CÁ!

Índia logo se encantou com a velha arara. Sempre que algum desconhecido tentava tocá-la, ela costumava bicar. Era uma dorzinha boba, mas o que contava nisso era que essa pessoa levaria muito mais tempo para conquistar o coração da velha ave, ou quem sabe, nunca o conquistasse mesmo. Com Índia foi diferente. A arara, do poleiro, pulou para o ombro dela. Parecia que se conheciam há muito tempo. Desse dia em diante, Demétrius falou que Índia cuidaria da arara. A ave gostava dela. Quem antes alimentava o pássaro era Tereza Cavalo, mas elas não se davam mesmo lá muito bem. Todos os dias, Tereza colocava água e comida, e a arara permanecia muda, encolhida, lá no canto do poleiro, o mais distante possível. Mesmo depois de muitos anos, Tereza ainda não a conquistara. Suportavam-se. Com Índia foi amor à primeira vista. Que deixasse com ela, então, insistia Demétrius. Índia não saía de perto da ave — o carinho era recíproco — e, quando se ausentava, a arara logo reclamava em grasnados, ruídos, lamentos, gritos. Depois, fazer o quê? Então, aquietava-se. Mas no raiar do dia, ao ouvir a voz de Índia, agitava-se toda e até chegava a voar do poleiro quase num gesto suicida, pois, em seus desesperos pela amiga, até se esquecia de que estava presa a uma correntinha. Esta, de tempos em tempos, era trocada, porque a ave acabava roendo-a toda, e logo encontravam-na soltinha, faceira, andando pela casa à procura de Índia.

Agora, a primeira coisa que Índia fazia logo que despertava era ir falar com a velha ave. Perguntara a Demétrius de onde ela havia surgido. Ele disse que era uma velha arara, já iam aí muitos anos. Esses animais duram muito. Às vezes, morre todo mundo da casa e elas ficam por aí, vagando solitárias. Era dos pais. Eles a trouxeram ainda novinha e pequenina, numa gaiola, de uma das viagens. São aves especiais. Ela sabia o nome de todo mundo na casa, até dos trabalhadores. Logo saberá o seu. Disse Demétrius. A ave gostava muito da mãe dele e, quando ela morreu, ficou muito triste, até deixou de comer e deu de arrancar as penas. Ficou mesmo muito abatida. Quase embarcou. Foi preciso muito cuidado. Ele disse que até trouxe um doutor da capital para dar uma olhada nela. Foi difícil. Ele achou que o bicho ia realmente perecer e se deu mesmo por vencido. Mas com o tempo ela acabou se recuperando. São animais muito inteligentes. Decoram mais de trinta palavras. São da família dos papagaios, mas possuem características próprias. Ela não tinha ojeriza nem apego a Demétrius, ele dizia. Apenas aceitava-o. Porém de algumas pessoas a ave não podia nem ouvir a voz. Ficava inquieta, gritava e até dizia inúmeros palavrões num som aquático, rasgado, irritante. Se essa pessoa tentasse se aproximar, a arara virava um verdadeiro bicho. Ficava agressiva, abria as asas na intenção mesmo de agredir. Tornava-se irreconhecível. Era bom não chegar perto. Quando a pessoa ia embora, a ave voltava à paz, mas ainda, como um velho ranzinza, ficava resmungando, falando baixinho, dizendo palavrões. Nem sei com quem ela aprendeu. Mas é fato, ela não vai mesmo com a cara de algumas pessoas e não adianta fazer nada. Por exemplo, ela não suporta o Dão. Quando ele vai chegando, ela fica agitada e começa a gritar: "Lá vem o Cão, lá vem o Cão, lá vem o Cão"... É preciso pedir-lhe que pare. Quando o Dão se vai, quando, enfim, sai de perto da ave, ela começa a rir muito, e ainda fica repetindo, às gargalhadas: "Cão, Cão, Cão, Cão...".

Diariamente, Índia trocava a água e deixava sementes de todos os tipos, de girassol, de abóbora, e castanhas e frutas. Observava o que a ave mais gostava. Dizia que, como a arara estava presa, não podia, como as outras aves que estavam livres, escolher o seu alimento. Por isso, trazia sempre algo novo para ver se ela gostava. A arara ria, fazia carinho em Índia e vice-versa.

Bem cedo, como um despertador estridente, a arara gritava: "Índia, bom dia! quero comer. Menina, vem cá!". Índia saltava da cama e logo ia estar com a ave. Era uma festa. A arara não cabia em si. Suas cores ficavam ainda mais vivas. Podíamos ver o riso largo naquelas cores ensandecidas. Meneava a cabeça e ciscava desesperada. Ia de uma ponta a outra do poleiro e quando Índia falava: "Cadê, minha menina, hein?" a ave ficava louca. Nesse afã, até voava tudo do poleiro: penas, alpiste, água, frutas. Tudo ia pelos ares. Era uma festa. Para ela, era nesse exato momento que o dia realmente começava.

O irmãozinho caçula de Índia tinha um grande fascínio pela arara. Ele adorava os passarinhos, e com a arara não era diferente: "Era apenas um passarinho grande, um passarão que falava como gente", como gostava de dizer. Ela era danada, agressiva, ele sabia. Sabia também que muitas vezes ela ficava agitada e vinha, aos gritos, para cima das pessoas se não gostasse delas. Então, ele ficava, ali, hipnotizado com a beleza das cores daquele grande pássaro. A maioria procurava ficar longe dela. Ele não. Queria mesmo era tocá-la, falar com ela. Não tinha medo nenhum. Até arriscava alguns passos para a frente, em direção a ela, mas logo recuava, pois a ave logo soltava seus grasnados estridentes, abria as asas, ameaçando voos. Será que a ave não gostava dele? Perguntava-se. Sempre que ela se movia no poleiro ou gritava, ele ria e, de esguelha, conferia ao redor para saber onde estavam os seus pais e as suas irmãs para se certificar de que estava realmente seguro, ali, diante daquele bicho barulhento e colorido. Mesmo assim, arriscava mais alguns passos em direção à ave. Era astuto, destemido, danado. Depois se cansava dela e ia entreter-se com as galinhas, os patos, os perus, que pareciam menos interessante, mas que ele podia dominar com mais facilidade. Porém, mais tarde, voltava à arara. E diante dela ficava novamente, em seus gritinhos e pulinhos cheios de alegria, vislumbre e perdigotos. Avançava e recuava. Avançava e recuava. Um passo à frente de admiração, um passo atrás por precaução. E sempre de olho nos pais.

VI. MAS DAQUELES SAPATOS!

As estrelas, piolhos gordos e brancos, uns sobre os outros, chafurdando na grande cabeleira negra do céu. Estava assim a noite quando Demétrius resolveu fazer a festa para comemorar a chegada de Índia à casa-grande. Na verdade, isso foi apenas um pretexto. O fato é que ele, há muito, já queria fazer uma grande festa. Estava só esperando a oportunidade. Os amigos, há tempos, que estavam cobrando: "E aí, Demétrius, quando vai fazer uma festa daquelas, hein?". Realmente, fazia tempo que ele não dava uma festa de verdade. Tinha feito, é certo, festinhas para poucos, só para os amigos mais íntimos. Agora queria mesmo uma festança. E que viessem. Estava sentindo falta de ver todos os amigos, beber bastante e dançar forró até o amanhecer.

Índia havia chegado à casa-grande já há alguns meses, mas ele queria estar totalmente livre e despreocupado para se dedicar ao evento. Não queria fazer nada correndo, apenas por fazer. Mandou matar um boi, galinhas, perus, porcos, bezerros, carneiros. As mulheres fizeram doces e petiscos, e chegaram carros com vinhos, refrigerantes, sucos, água, entre outras coisas. Ele ainda alugou uma grande equipe para servir tudo, além disso, contratou vários músicos. Um quarteto para o começo da festa, enquanto todos chegavam, abraçavam-se, apertavam-se as mãos e iam atrás do que comer e do que beber. Havia de tudo para todos, era só escolher. Uma banda de baile, para a metade da festa, quando a coisa já estivesse esquentando, e, por último, um trio de forró para colocar todo mundo pra dançar até de manhã. Pediu que Tereza Cavalo fosse com Índia à capital, numa loja específica de vestidos. Já tinha falado com a vendedora. Na verdade, falara com a gerente. Estava tudo certo. Ela provaria vários modelos. Depois tinha o salão de beleza, os perfumes, os cosméticos, tudo.

Quando índia se aprontou, Demétrius ficou perdido. "Deus, que mulher linda!". Era mesmo aquela menina que ele havia conhecido há algum tempo: suja, acanhada, selvagem, arisca? Estava orgulhoso. Os convidados iam chegando: primeiro, os pais e os irmãos de Índia — felizes e orgulhosos, todos vestidos com roupas que Demétrius havia comprado —, depois foram chegando políticos, advogados, comerciantes bem-sucedidos, amigos, o prefeito, o delegado, policiais, pessoas de todo lugar. Muita gente. Demétrius mandara fazer uma iluminação especial com inúmeros lampiões como imensos vaga-lumes acendendo a noite. Também distribuiu seus homens por toda a fazenda para garantir a harmonia da festa até o final.

Não faltou ninguém. Demétrius demorava a fazer festas, mas, quando fazia, todos queriam participar. Primeiro porque devia haver um motivo especial, segundo porque eram festas únicas, invejáveis. Se algum convidado não conseguisse ir, por algum contratempo, sofreria no dia seguinte com os comentários de todos, com os elogios sobre a festa. Por isso, às vezes, iam até doentes.

Índia não sabia dançar. Ora, nunca dançara na vida. Demétrius não se importava com isso. Ficaria paradinho com ela, no meio do salão, só sentindo o coraçãozinho dela feito um passarinho assustado querendo sair do peito. Ela suava, tremia dentro do vestido que lhe apertava as carnes tenras. Estava num sapato alto e, por diversas vezes, disse depois, que estava morrendo de medo de cair bem no meio do salão. "Nunca teve medo de cair de um cavalo. Mas daqueles sapatos, meu Deus...", dizia rindo. Demétrius a via em sua luta com os sapatos e pensava que, em uma determinada época, num país muito distante dali, algumas mulheres foram obrigadas a usar aqueles tipos de calçados para lhes dificultar as prováveis fugas, as escapulidas. Índia estava realmente linda, mesmo titubeando daquele jeito com aquilo nos pés.

Quando ele a apresentava a algum convidado muito importante, ela só ria. Quando muito, dizia boa-noite, seja bem-vindo, obrigada. Não passava disso. Vez em quando um dos homens vinha e sussurrava algo no ouvido do patrão. Ele logo saía, rápido, sisudo, depois voltava ainda mais animado. Chamava um, depois outro e mais outro. Mandava isso, aquilo outro, corria pra cá, pra lá, para todos os lados no afã de fazer a coisa funcionar a contento. Estava elegante num terno que mandara vir da capital. Encomendou num alfaiate de sua confiança. Dera o seu antigo ao Drigo. Este ficou numa felicidade só. Disseram até que dormiu com o terno. Demétrius também deu um vestido a Tereza, como sempre fazia.

O cheiro de carne assada, de frutas e de doces misturava-se ao cheiro de perfume, de mato, de fumo, de gasolina, de óleo diesel. A música jogava seus acordes para o ar feito pássaros dourados em seus silvos melodiosos. Todos riam e queriam conhecer Índia: "Cadê ela?, Cadê ela?, Cadê ela?". Encantavam-se com a menina. Aquela beleza de deusa do sertão, rústica, mas envolta em uma leveza de bondade, inocência, força. Era como uma onça mirando-nos com carinho e proteção. Quando muita gente a cercava, e Demétrius a via ali, feito um animal acossado sem saber muito o que fazer com todos aqueles elogios, ele ia lá e a puxava para si num gesto educado e preciso. Era ele o dono daquela menina acanhada e bonita. Era ele. Ela o olhava com timidez e gratidão. Ela, feito um barco perdido no oceano, podia sentir, cheia de alegria, aquela luz forte e protetora daquele farol másculo, guiando a sua rota nas águas profundas

das regras complicadas do convívio entre as pessoas. Dançavam sozinhos, os dois, no meio do salão. E ali, com ele, ela não precisava ser outra, era apenas Índia, dançando a sua própria dança, no seu próprio ritmo, com os seus próprios passos e a sua própria música. Abraçada ao seu homem, o único medo que ainda permanecia era o de cair daqueles sapatos mais altos que um precipício.

A festa foi até de manhã. Ainda se podia ouvir risadas e tintins quando o sol surgiu em suas primeiras pinceladas para corar as bochechas do céu. O trio de forró ainda estava firme e alguns pares se arrastavam pelo salão. Outros ainda entornavam copos e mais alguns já buscavam um cantinho aconchegante para enroscar-se, pelo menos por um tempinho, no peito acolhedor de Morfeu. Alguns carros já batiam em retirada. O cheiro da mata, do verde, misturava-se ao cheiro do óleo e de gasolina. Ouvia-se gritos e, vez em quando, o som de algo que se quebrava, acompanhado de mais risadas e mais gritos. Os galos começavam a cantar, um aqui, outro acolá. Os bois e as vacas mugiam, os cavalos relinchavam, os porcos grunhiam, os cachorros latiam. Era um dia atípico na fazenda e os animais já começavam, cada um do seu jeito, a reclamar a rotina de volta. Os homens de Demétrius, com hálito de cachaça, passos pesados e decididos, já buscavam os seus lugares na lida. Uma revoada de pássaros, feito um véu negro, numa simetria impecável, ziguezagueou no céu. *Zuuuummm*!

Já no quarto, Demétrius e Índia, enroscados um no outro, na busca desenfreada dos paraísos particulares, em sua festa íntima de gemidos, sussurros, e suores, ainda ouviram, longe, mas não muito, os derradeiros convivas gritando em vozes festivas e pastosas: "Viva Demétrius, viva Índia". Viiiiiva!

VII. A VISITA DOS CIGANOS

A tarde morria em seu dourado. Já penteava as suas mechas loiras, lisas, lustrosas. Havia caído uma chuva forte, mas logo cessara. No ar, um cheiro de terra, de mato, de frutas, de esterco. Há tempos que existia energia elétrica na cidade, mas não a haviam ainda expandido para lugares mais distantes. A luz elétrica na fazenda Luzia estava em curso. Demoraria algum tempo para que todos ali pudessem usufruir do benefício. Por isso, Demétrius antecipara-se e comprara um gerador, do qual era possível ouvir o zumbido da sua labuta. Era como um som produzido por uma grande cigarra de ferro. Podia-se ouvir também as vozes dos homens na moenda. Esta parecia querer competir com o gerador. A fazenda trabalhava feito um coração jovem e afoito. De repente, um vaqueiro apareceu a galope. Os cascos do seu cavalo cavavam a terra úmida e deixavam para trás pequeninos cuscuzes de areia. Vinha do rio e parecia ter visto o Demo. Parou em frente à casa-grande, amarrou o animal e chamou o patrão. Tereza Cavalo apareceu no alpendre e quis saber logo do que se tratava. O homem, esbaforido, foi soltando tudo numa rajada: "Tá vindo aí um grupo de pessoas, umas trinta. Homens, mulheres, crianças e até bebês. Afora os animais: burros, éguas, cachorros, cavalos. Acho que são ciganos. Vestem roupas coloridas, tocam e cantam. Estão vindo para cá. Vim na frente pra avisar logo ao patrão. Eles estão vindo pra casa-grande, é o que acho. Se não pegarem alguma vereda antes, claro! Acho que não avisaram ao patrão, né?". "Não estou sabendo de nada. Vou chamar Demétrius. Junte alguns homens", ordenou Tereza. O homem logo correu para um lado e para outro e ali já estavam vários camaradas, e foram logo chegando mais. Quando Demétrius saiu, já se podia ouvir uma cantoria ao longe. Chegava como numa onda: aumentava, diminuía.

"Os ciganos não fazem mal a ninguém. Só querem um canto para repousar e depois ir para outro lugar. Não param. São um povo de todos os lugares e de nenhum, de todas as religiões e de nenhuma. Fiquem calmos", disse Demétrius. Depois largou-se numa espreguiçadeira e acendeu um palheiro. Os homens estavam inquietos porque os ciganos eram cheios de mistérios, misticismo, magia. E eles sabiam lidar com brigas, socos, tiros, confusões, mas com o jeito daquele povo que parecia sempre em festa ou mergulhados em profundas reflexões, isso, eles não sabiam não.

A cantoria foi aumentando, quem quisesse e soubesse a música já daria até para acompanhá-la. Os ciganos dobraram à esquina, todos, em direção à casa-grande. Os seus vira-latas e os da fazenda já vinham se cheirando desde a metade do caminho e, quando chegaram à casa, logo criaram marra e começaram a latir desesperados. Pareciam querer ser os primeiros a apresentar os visitantes. Pareciam também dizer que aqueles cachorros magrelos ali eram todos amigos e que só queriam comer um pouco e depois dormir, descansar da longa viagem.

As mulheres vinham na frente. Umas carregando os filhos sobre as costas ou sobre os seios, em panos amarrados ao próprio corpo. Os meninos dormiam como se estivessem nos berços. Pareciam gostar daquela peregrinação, certamente, já nasceram nela. Talvez, tirá-los dessas andanças seria o mesmo que proibir um marinheiro de cair nos mares. As outras mulheres que não carregavam filhos batiam palmas e cantavam. No rosto, uma mescla de alegria e pesar. Mais ou menos como algumas senhorinhas que cantam nas igrejas. Nunca podemos afirmar se estão tristes ou felizes. As ciganas trajavam as roupas típicas desse povo: lenços nos cabelos, ou espalhados pelos braços, pelo corpo, vestidos, saias longas, brincos grandes, diademas, tudo em várias cores, numa predominância para o vermelho e o amarelo. Os homens, com lenço na cabeça, calças e camisas folgadas, coletes. Estes, Demétrius não conseguia deixar de associá-los aos toureiros espanhóis.

Quando chegaram ali, onde estavam os homens, um pouco antes da casa-grande, as mulheres foram logo pegando na mão de todos eles. Alguns deixaram, outros logo a puxaram com receio de ser enfeitiçados. Era o que eles pensavam. O que elas queriam, na verdade, era ler o passado, prever o futuro deles. Mas como ler algo complicado assim, naquelas mãos encaliçadas, com as linhas dos destinos todas mutiladas pelas árduas labutas, da manhã à noite? Os ciganos foram achegando-se até a casa-grande, todos bem risonhos e soltando inúmeros "salve". Tereza Cavalo estava sentada na amurada do alpendre. Bicava uma cachaça. Estava provando uma nova, do alambique da fazenda, para ver se tinha mesmo saído boa.

Demétrius, que, até então, apenas observava, quando todos já estavam ali, a sua volta, disse: "Noite". "Noooite", responderam os ciganos, em uníssono, e ainda rindo. "De onde vocês vêm?", Demétrius perguntou. "Da Caldeia? Punjab? Egito? Quem sabe, senhor? Somos ciganos", disse um deles, mas, ao perceber a cara sisuda de Demétrius, num sorriso ainda mais largo, completou que vinham de Altinos. Já estavam há dias na estrada. Estavam exaustos, famintos, os animais também. Só precisavam dormir alguns dias, comer alguma coisa e partir logo em seguida. Vieram pedir permissão ao patrão, como sempre fazem aos donos das fazendas, assim que chegam. Podemos fazer alguns trabalhos: contar histórias, armar um teatro, ensinar danças, entreter as crianças.

As mulheres fazem receitas muito boas, e são excelentes parteiras. Demétrius ouviu tudo e disse que podiam ficar na casa próxima à moenda. Perguntou do que precisavam para passar os dias. "O que seu coração quiser", respondeu uma das mulheres. Demétrius, então, disse-lhes que Tereza Cavalo iria providenciar tudo, o que eles precisassem, qualquer coisa. Além disso, alguém iria cuidar dos animais. Todos os ciganos sorriram ainda mais e soltaram outros tantos salves. Entre si, falaram alegres numa língua que, afora eles, ninguém mais entendeu.

Por fim, dirigiram-se para a casa perto da moenda. Foram tocando violões, tambores e castanholas, enquanto as mulheres soltavam seus sopranos e mezzosopranos e os homens completavam com seus tenores, barítonos, e até baixos. Sumiram o resto da tarde, provavelmente estavam descansando. Mas, à noite, fizeram uma fogueira para saborear a farta comida que Tereza Cavalo tinha mandado algumas mulheres levar para eles.

Demétrius e Índia passaram lá para visitá-los. Queria saber se podia fazer mais alguma coisa por eles. Os ciganos já estavam muito satisfeitos, gratos. Agora, se quiserem ficar com eles ali e prosear um pouco, ficariam muito felizes, disseram. Demétrius olhou para Índia, que só mexeu rapidamente a cabeça num gesto afirmativo e animado. Sentaram-se em volta da fogueira, no chão. Os homens de Demétrius também ficaram por ali. Alguns com o rifle entre as pernas como fazem os velhos com suas bengalas.

Demétrius não sabia se eles gostavam de bebidas alcóolicas, mas, mesmo assim, veio com umas garrafas da sua melhor cachaça. Também trouxe cigarros. Índia levou um doce que ela mesma havia feito. Uma torta de limão. Demétrius pôs uma dose para ele e deixou a garrafa de cachaça ali, caso quisessem se servir. Acendeu um cigarrinho e, curioso, atento a tudo, pôs-se a observar.

Os ciganos mostraram músicas do cancioneiro de seu povo. Um deles explicou cada uma delas. Falaram sobre suas origens, sobre os preconceitos contra eles, as perseguições, os ritos, as festas, as línguas, os significados das cores que usavam. Contaram lendas ciganas — a parte que Índia mais gostou. Olhava com expressão concentrada, olhos marejados — falaram sobre reis e rainhas, sobre os instrumentos, a cultura, os hábitos. Demétrius também estava concentrado na conversa. Não eram apenas histórias intrigantes, interessantes, de países longínquos com nomes estranhos, de difícil pronúncia e que, geralmente, encontramos em livros de aventuras e magia. Isso já nos encantava. Mas nos prendíamos às histórias, principalmente, porque eles contavam de um jeito muito envolvente. Era como se estivéssemos dentro daquelas narrativas fabulosas, dizia Demétrius, anos depois, sempre que contava para alguém sobre a visita dos ciganos à fazenda Luzia. Nessa noite, então, havia uma lua imensa, gorda e que se arrastava muito lentamente como se também quisesse ouvir as histórias. As bijuterias, as lantejoulas, os brincos dos ciganos refletiam na luz da fogueira, da lua e, por isso, vez em quando, soltavam brilhos feito vaga-lumes piscando na noite. Leram as mãos de Índia, também as de Demétrius. Índia muito empolgada, Demétrius com um sorriso denotando uma mescla de curiosidade e descrença. Sobre Índia, a cigana falou num filho. Disse: "Ó, minha linda, tá vendo estas linhas aqui, pequeninas, bem aqui no cantinho? Ó, pois bem, são os filhos. Vejo um menino." Disse isso e depois mergulhou num breve silêncio. Então, como se quisesse se certificar de mais algum outro detalhe, reexaminou as mãos de Índia ainda mais de perto. Após isso, com olhar penetrante, mirou Índia bem nos olhos, sorriu e acariciou as mãos da menina entre as suas beijando-as várias vezes. Sobre Demétrius, uma cigana falou do belo passado, todas as oportunidades, as viagens, os pais generosos, ricos, dedicados. Do futuro, ela falou pouco. Disse que em geral estava tudo bem, apenas desconfiasse das fáceis barganhas, dos presentes tardios, das palavras lisonjeiras. Ainda segurando a mão de Demétrius, olhou a lua, exatamente sobre sua cabeça feito um dourado diadema, murmurou algumas palavras em dialeto, voltou a olhar Demétrius e em seguida cantou trechos de uma cantiga que falava de estradas, de desafios, de medos, de sorte, do mundo, da vida, da morte.

> "É preciso ser forte
> Que a vida não é fácil não
> é jogo de azar e sorte
> Só aguenta quem tem coração
>
> Valente é preciso ser
> pois há luz, e há escuridão
> na vida a gente vê
> mas da morte ninguém ganha não"

Por fim, contaram uma história que Índia ficou muito impressionada. Ela saiu de lá falando dessa lenda e foi dormir recontando-a para si mesma. Falava dormindo e, vez ou outra, despertava, e lá do seu inconsciente escapava alguma palavra relacionada àquela história fabulosa. Era sobre uma mulher grávida que, contra a vontade, após dar à luz, teve de deixar o filho com o deus Arco-Íris para que eles, os ciganos, enfim, encontrassem a tão almejada Terra da Paz. Devido às inúmeras perseguições, aquele povo já estava quase extinto. Mas o fato é que o menino não morrera e, sim, tornara-se um tesouro. Um pote de ouro no arco-íris. E seria ele, desde então, que protegeria todos os ciganos espalhados pela Terra. Índia adorava a história. E sempre que ela e Demétrius estavam, os dois, na cama, após beijos, sussurros, gemidos, confissões e promessas impossíveis de serem cumpridas, ela perguntava-lhe: "Posso contar a lenda do menino e do deus Arco-Íris?". No que ele logo rebatia: "Mas você já me contou essa história milhões de vezes". E ela, num jeito doce, insistia: "É que é tão bonita. E eu tenho medo de esquecê-la". Então, ele rindo, cedia: "Tá bom, tá bom, conte". Índia, ligeira, sapeca, sentava-se sobre as panturrilhas e, muito animada, começava a contar a história. Ele gostava de vê-la assim, menina, gesticulando muito, apontando para o céu e procurando imitar a voz da mulher grávida, e a do deus Arco-Íris. Logo aparecia um sorrisinho loiro por trás do bigode loiro de Demétrius. Ele gostava mesmo de vê-la assim. Adormecia embalado pela voz dela, e dentro do sonho ainda a ouvia, longe, longe. Até sonhava que ele era o deus Arco-Íris.

VIII. O JURUPARI

Um dia, Drigo apeou-se do cavalo num ar esbaforido. Praticamente saltou do animal. Entrou na casa-grande com as esporas trazendo um som de péssimas notícias. Encontrou Demétrius tomando café. Não havia cerimônia, era só sentar-se à mesa e servir-se, mas conversa sobre problemas da fazenda só depois do café. Comida e aborrecimentos não se casam, assim como uma exímia dançarina e um coxo não se resolvem muito bem numa dança, dizia Demétrius. Mas eles já sabiam disso. Então, só se ouvia o mastigado de um e do outro, o som de lábios esfriando o café, o leite, o tilintar das porcelanas. Vez em quando, os olhos desconfiados de Drigo buscavam os de Demétrius, que divagavam longe, lá onde suas terras se emendam com o céu.

Enfim, terminaram o café e foram lá fora. Acenderam seus cigarros e deram tragadas desesperadas. Drigo, já com um ar preocupado — sabia o quanto Demétrius ficava irado com o desaparecimento de animais —, disse-lhe que na última contagem faltavam alguns bichos: três cabras, quatro carneiros, seis porcos, algumas tantas galinhas, patos e perus. Muita coisa, não? Cobras, raposas e gatos selvagens, mesmo juntos, não conseguem tanto em tão pouco tempo. "Se for um ladrão, esse é muito afoito ou tá desesperado por dindin, não?" Enquanto Drigo desembuchava, Demétrius olhava o companheiro como se quisesse feri-lo com os olhos. Drigo podia sentir aquele olhar pontiagudo, afiado, por isso, quanto mais se aproximava do ápice de sua narrativa, mais diminuía a velocidade em que narrava, como também — era o que parecia —, sutilmente, recuava alguns centímetros. Por fim, Demétrius disse: "Drigo, veja bem, eu não pago a vocês para me trazerem problemas, mas, sim, soluções. Não quero saber se foram três cabras, quatro ou cinco carneiros, patos, perus, o diacho a quatro. Eu sei quantos animais eu tenho, por isso, sei quantos estão faltando. Sei que desapareceu também uma vaca mansa. O que eu preciso é que vocês descubram quem é o ladrão e tragam logo ele para mim. É isso que quero. Ele vai ver o que o espera. Isso não é coisa de profissional. Esses sumiços esporádicos parecem coisa de fedelho. Rouba pra judiar, ou pra vender por qualquer ninharia e comprar cigarro e vinho barato, tudo isso pra aliviar o tédio e esquecer o rosto carcomido de espinhas. Profissional rouba logo a manada toda. Isso é coisa de ladrãozinho. Então, por que a demora? Vai, Drigo, faz alguma coisa, sai da minha frente, some daqui e faz o que tem de fazer. Se eu quisesse gente pra me dar trabalho além do que já tenho, eu iria a um asilo, a um presídio, a um bordel, à puta que pariu". Demétrius disse isso, jogou-se na espreguiçadeira e acendeu outro cigarro. Depois reforçou: "Vai, porque agora quero fumar de verdade. Veja, quero esse ladrãozinho aqui. Uma semana, não mais que isso. Sete dias. Agora, vai, vai".

Drigo estava desesperado. Ninguém pegava o ladrão ou os ladrões, vai saber, e os animais continuavam desaparecendo: mais porcos, mais patos, mais galinhas da angola, mais cabritos, mais carneiros, até um pavão. E os intervalos entre um roubo e outro estavam diminuindo. O ladrãozinho havia pegado gosto, ficava cada vez mais confiante. Drigo já não sabia mais o que fazer. Se Demétrius o chamasse novamente, com certeza, dessa vez, seria demitido. O patrão estava uma fera. E Drigo sabia exatamente por quê. Num era bem por causa dos animais, mas, sim, porque estavam passando a perna nele, e ele não gostava nem um pouco disso. Não aceitava que subestimassem a sua inteligência. De jeito algum.

Precisava resolver logo a questão, só não sabia como. Pensava e pensava, mas sua cabeça começava a ferver que nem chaleira de café e aí ele tinha de parar de pensar nisso e fazer outras coisas pra não enlouquecer. Os animais pareciam desaparecer feito bolinhas de sabão: estavam ali num dia e, no outro, na contagem, já não estavam mais. Que merda é essa?, perguntava-se. Coçava a cabeça, acendia um cigarro, dava uma tragada desesperada, cuspia, pensava no ladrão de merda que estava atazanando o seu juízo, coçava a cabeça novamente. Via a hora de chegar um dos homens de Demétrius com o recado de que o patrão queria falar com ele. "Ou pega esse ladrão de vez ou perde o emprego." Aí, a família morre de fome. Como que vou comprar o leite do menino, o meu chorãozinho?

Mas ele iria pegar o infeliz, ah, iria sim. Deixe estar. Antes de perder o emprego, já estaria com as duas mãos na goela do desgraçado. E faria isso com o maior prazer. Depois poderia dormir tranquilo e balançar-se na rede com o seu chorãozinho na pança feito Deus com o menininho Cristinho flutuando nas nuvens. Logo resolveria esse caso dos diabos. Deixe estar, deixe estar.

Todos os dias, Drigo rondava a fazenda. Perguntava a um e a outro morador se sabiam de algo, se tinham visto alguma coisa estranha ou tinham se deparado com desconhecidos circulando por ali. As pessoas respondiam de bom grado. Diziam que não tinham presenciado nada de anormal, apenas viam as pessoas de sempre, gente conhecida, gente que eles cruzavam todos os dias na venda, na quitanda, no bar do Manin, na lida, quer dizer, nada de forasteiros, nem estranho nenhum. Drigo não se contentava, coçava a cabeça e logo perguntava de novo: "Tentem lembrar, gente, pensem, repensem, os animais estão desaparecendo, e eles não somem assim do nada, entendem? Roubar um animal dá trabalho, alguns são bem ariscos, não se deixam levar assim tão facilmente. E fantasmas não existem, sabem? Pelo menos ele não acreditava nisso, porque não tinha ainda visto nenhum, então, devia haver alguém rondando a fazenda e roubando pra valer, e isso não pode se passar sem que, pelo menos, uma, uma pessoa sequer, veja". Mas aí era o interpelado que coçava a cabeça e olhava para Drigo como se estivesse diante de um fantasma, então repetia, ainda de bom grado, o que já havia dito: "Sei não, Drigo, gostaria de saber e de ajudar, mas não sei, não vi nem ouvi ninguém falar que viu ou que ouviu qualquer coisa do tipo. Apenas vejo os moradores, os amigos, os trabalhadores de sempre da fazenda, como já lhe disse". Drigo se impacientava, olhava para os lados, se coçava todo e partia com o rabo entre as pernas, cabreiro, desanimado, fulo da vida. Pensava que então só podia ser algum conhecido. Era isso, esse ladrão só podia ser gente da fazenda. Era o que parecia e isso já era um indício. Mas quem seria? A quem ele poderia acusar e levar até Demétrius? E se nessa brincadeira, nessa desconfiança, à toa, sem provas, levasse um inocente até o patrão? O coitado iria apanhar até dizer chega. Demétrius estava mesmo furioso, e ele até já começava a sentir pena do ladrãozinho.

Então, era isso. Drigo passava os dias nesta labuta: perguntava a um e a outro, mas sem lá grandes resultados. Sentia-se sem forças. No dia seguinte se renovava, mas no final da tarde já havia perdido novamente as esperanças. Só queria chegar à casa velha dele de sempre e ficar com seu chorãozinho, balançando-se na rede. Mas não conseguia tirar da cabeça a ideia de pegar logo o larápio e se livrar do fantasma da demissão. O prazo estava vencendo, e os animais continuavam sumindo. O patrão tinha atribuído a missão a ele, e só a ele, e que resolvesse logo, caso contrário, era sobre ele que a casa iria cair. Já até sentia a sua casinha estalando na iminência da queda. Até colocou as duas mãos sobre a cabeça como a se proteger dos escombros. E lá se foi em seu andar pançudo e desanimado, a bunda quadrada, a calça caindo, os glúteos aparecendo. O ardiloso Jurupari em seu encalço.

IX. VAMOS PEGAR ESSES CABRAS! VAAAAAMOS!

E lá vinha um homem sobre o seu cavalo, escoltado por três homens de Demétrius. Tereza Cavalo estava no alpendre, ajeitando um vaso enorme de uma planta que ela queria que ficasse na entrada para perfumar e colorir o ambiente. Quando avistou os homens, largou o que estava fazendo para recebê-los. O forasteiro parecia exausto porém determinado. Ele deu boa-tarde, apresentou-se e disse que tinha uma carta do líder do famoso bando para o patrão. Tereza Cavalo não quis incomodar Demétrius, por isso, perguntou se poderia, ela mesma, receber a carta. O homem negou-se prontamente: "Não, senhora, a ordem é pra deixar nas mãos do dono da fazenda". Então, ela bateu as palmas das mãos para tirar a areia, olhou o relógio e foi chamar o patrão. Logo vieram os dois. Demétrius na frente. Cumprimentou o forasteiro e esperou. O homem meteu as mãos de unhas sujas e dedos cheios de anéis dentro de uma bolsa de couro, também suja, e retirou uma carta. Entregou-a a Demétrius e disse que amanhã, nessa mesma hora, viria pegar a resposta. Agradeceu e bateu em retirada. Aquele homem sabia que não podia ficar zanzando muito tempo por ali. Tinha hora certa de sair e de voltar. Para segurança dele e de todo o bando.

A carta dizia que o líder do famoso bando e os seus homens precisavam de pouso, comida, bebida e o que mais quisessem. Isso para quatro dias. Depois, partiriam logo cedo. A casa-grande estava na rota estratégica deles. Demétrius sabia que aquela não era uma boa notícia. O bando pedia abrigo e comida para continuar na sua famosa saga de matança e roubo. Era o que Demétrius achava. Não via aquilo com bons olhos. Ele não precisou trabalhar duro para ter o que tinha. Os seus pais fizeram isso. Mas ele dava muito duro para manter tudo funcionando. Dedicava a vida a isso, todos os dias, da manhã à noite. E o seu suor, ele até compartilharia com quem necessitasse, mas não faria isso, em hipótese alguma, em prol daqueles bandidos. Já sabia como o jogo funcionava. Os fazendeiros recebiam uma carta, se acatassem a ordem — porque aquilo era uma ordem, não um pedido —, preparavam tudo. Víveres, bebidas, camas, festas e até mulheres. O bando chegava, fazia uma algazarra danada durante alguns dias, e depois partiam. O que os fazendeiros ganhavam com isso? A vida? Ou seja, eram poupados, pois aqueles que não acatassem as ordens eram assassinados, como também seus familiares, seus animais, seus homens, e tudo mais. Tudo era aniquilado. Depois tocavam fogo na fazenda toda. Sim, é isso o que eles fazem. Só que aqui só vão encontrar balas. Uma chuva de balas. Isso é o que eles vão mesmo encontrar. Ele não era coiteiro de bandido. Definitivamente não.

Ficou todo mundo tenso. Pairou um clima pesado na casa. Sabiam o que o famoso bando fazia por aí. Índia ficou muito assustada. Tereza Cavalo já foi providenciando alguns preparativos, e Demétrius reuniu os seus homens. Também entrou em contato com outros fazendeiros e lhes perguntou da possibilidade de emprestar-lhes alguns dos seus melhores homens. Costumavam se ajudar em casos assim. Checou o arsenal de armas e munições. Fez uma lista do que necessitava de reparo, do que precisava comprar. Pensou como e onde poderia conseguir mais. A rotina da casa era completamente outra. A possibilidade da visita do bando virou o foco de tudo. O que não estivesse relacionado a isso seria secundário, poderia esperar.

Uma das primeiras coisas aconselhadas a Demétrius foi fazer trincheiras em determinados locais estratégicos da fazenda. Lugares onde estão coisas de extrema importância: víveres, combustíveis, armas, munições, animais etc. Como também fazer buracos nas paredes das casas, para os rifles. Buracos também estratégicos: portão de entrada, os fundos da casa, os flancos. Tudo isso foi feito. Tereza Cavalo reuniu algumas mulheres e prepararam comida para muitos dias. Entupiram as duas geladeiras a gás de tudo que precisava ser conservado por um longo período. A fazenda estava cheia de gente. Muito movimento na casa. Homens estranhos, mal-encarados, fedendo a suor, mau hálito, chulé, álcool e fumo. Para onde se dirigisse havia um. No quarto de Índia havia dois à porta. No quarto de Tereza, mais dois. Homens espalhados por toda a casa, em toda a fazenda. Do rio até a casa-grande, e muito depois. Nas imediações do rio havia várias trincheiras e mais de duzentos homens espalhados por elas. Armados até os dentes. E estavam sedentos, loucos para capturar o líder do bando e pegar a tão falada recompensa que ofereciam há tempos.

Vez em quando, Demétrius ia até o quarto de Índia e conversava com ela. Ficavam horas lá. Depois saía e ia resolver outras tantas coisas. Ela ainda estava assustada, mas já ia se acostumando. Sabia que muito em breve aquela casa estaria em guerra. Centenas, milhares de balas viriam em direção à casa-grande e, violentas, se enfiariam nas paredes. Se esconderiam ali feito ferozes pássaros de aço em seus zumbidos assustadores. As paredes eram muito grossas, mas até quando suportariam caso o ataque permanecesse por dias a fio? Demétrius buscava resumir como costumavam agir aqueles energúmenos: "Se conseguissem furar o cerco das trincheiras, subiriam nos telhados e por aí entrariam e, então, matariam todos os homens dentro da casa e estuprariam as mulheres. Depois comeriam toda a comida, guardariam outra parte para a viagem, estuprariam as mulheres novamente — às vezes, até levavam algumas com eles —, matariam todos os animais e, por fim, tocariam fogo na casa. Era esse o batido roteiro deles". Mas, para acalmá-la, reforçou que podia ficar tranquila que isso não iria acontecer de forma alguma. Porque morreria todo aquele que se aproximasse apenas alguns metros da casa. Morreriam todos muito antes de pensar em subir no telhado, ele assegurava. Demétrius fazia questão de, pessoalmente, matar o líder daquela corja. Diziam por aí que não era fácil identificá-lo porque ele sempre se disfarçava do homem mais simplório do bando. Sempre colocava qualquer um pra se fazer de líder. E isso vinha funcionando, porque em todas as emboscadas as quais a horda tinha enfrentado, sempre matavam ou prendiam o líder falso. Nunca era ele. Enfim, sempre se safava. Ele, o líder, era muito esperto, era o que diziam por aí. Demétrius estava agitado não por medo, talvez pela nova rotina da casa. Ninguém mais tinha espaço, privacidade, descanso, nada. Para onde se ia havia um homem. Às vezes, pensava-se até que era a própria sombra. Quando cochilavam, os que estavam despertos, precisavam tampar os ouvidos, pois a roncaria era um som dos infernos. Pareciam milhares de demônios sanguinolentos gemendo no meio da noite. Era o que parecia. Afora o fedor: peidos, mau hálito, chulé, cê-cê, e sabe-se lá mais. Tereza Cavalo tinha de acender incensos e mais incensos, mas não havia jeito, e, ainda por cima, os homens tossiam com os incensos, tinham alergia, aqueles infelizes e, por isso, quase morriam de tanto tossir. Um inferno. Mas Demétrius estava mais agitado pela imensa ansiedade de pegar o líder do bando e lhe arrancar os dentes a socos. Arrancar-lhes os olhos. Eram tristes as histórias que contavam sobre eles. Matavam crianças, mulheres grávidas, idosos, inválidos, animais etc., tudo em nome da ideologia de merda deles e daquele padreco de bosta que, era também o que diziam, tinha uma fazenda dez vezes maior que a de Demétrius.

E lá vinha novamente o homem do bando, em seu cavalo, escoltado por dez homens de Demétrius e mais quatro que foram emprestados. Como o combinado, viera buscar a resposta, mas já deu pra notar o provável teor da carta. Viu que havia agitação demais, diferentemente da primeira vez quando ali esteve. Demétrius já estava com a carta na mão e ele mesmo fez questão de entregá-la. "Tarde." "Tarde." Aqui está a minha resposta, disse. O homem pegou o envelope, socou na bolsa, olhou em volta como quem não quer nada — parecia bem mais desconfiado — e bateu em retirada. Dessa vez ainda mais veloz.

Agora era só aguardar. Antes do anoitecer, vários homens se reuniram no alpendre para conversar, beber, dar algumas risadas, rever o plano, entre outras coisas. Havia homens de Demétrius, jagunços de outras fazendas, fazendeiros, políticos, policiais, ex-policiais, delegados, investigadores, amigos, e até o prefeito, que, diziam, era um dos homens mais valentes da cidade. Já começava a fazer história. Damião era o seu nome. Adorava uma refrega. Quanto maior, melhor. Ali estavam todos armados até a alma. Havia também muita bebida, jogos, cigarros, petiscos. A diversão antes da grande epopeia. A fraternidade antes da desolação. O vinho e o boi antes do riscar mortal dos punhais. Aqueles homens não eram comuns. Alguns sabiam muito bem lidar com o que estava por vir. Para eles, ver sangue era como ver patinhos na lagoa. Vários, era o que diziam, enfiavam lentamente o punhal no coração de um outro enquanto rezavam um padre-nosso inteiro, olhando bem dentro dos olhos da vítima e até já pensando no que iam comer no jantar. Outros tantos, comentava-se, já tinham arrancado as tripas de um desafeto com uma facada que subiu do umbigo até a boca do estômago, deixando o adversário pra morrer sozinho no desespero e na humilhação de tentar recolocar as tripas para dentro. Coisa que, era o que também diziam, nunca se viu um só infeliz conseguir. E mesmo depois, se um escapava, coisa rara também de acontecer, quando o médico costurava, o negócio não ficava do mesmo jeito. Ficava era lá um bucho torto, inchado prum lado, murcho pro outro. "Os médicos são bons, mas não tanto quanto aquele lá de cima. Este parece que tem mãos de mulher, né não?", observou um deles. Contaram que, quando, por um acaso, um deles encontrava um desafeto com o qual tivera uma troca de golpes amolados ali, faceiro, passeando pelas ruas, arrastando a pança imensa e defeituosa da facada, então, o autor da maestria afiada, de longe, num tom de ironia maléfica, costumava puxar um camarada qualquer que estivesse ao lado dele — num bar, num bordel, na rua, onde fosse — e, bem ao pé do ouvido do amigo, rilhando as palavras com gosto de cachaça e torresmo, apontando para o desafeto, dizia: "Tá vendo aquela barriga ali, camarada? Então, o filho é meu". Então, agora, era o que diziam, quando se engalfinhavam por aí, em refregas sanguinolentas, mortíferas, um logo queria deixar um bom filho no outro. Todos riram. E tudo estremeceu. Até parecia que era a casa-grande que estava gargalhando. Todos aqueles homens tinham muitas histórias assim para contar. Muitas. Não eram mesmo nada comuns.

Então, chegara o momento. Segundo a carta, eles chegariam às sete da noite. Mas isso não era confiável. Nada no bando era confiável, a começar pelo líder. Mas, de qualquer forma, por precaução, tudo já estava armado. Todos os homens estrategicamente, posicionados, à espreita. Cada tique-taque do grande relógio na parede era como um arranhão nos nervos. Tudo à flor da pele. A qualquer hora, uma bala poderia passar zunindo e entrar numa parede ou nas carnes de um daqueles homens ali. Todas as mulheres estavam protegidas, escondidas a sete chaves. Havia lugares secretos, paredes e móveis falsos. Dentro do quarto de Índia havia um homem à porta, e por fora mais três. Todos armados até a alma. E estavam sedentos. Depois de tudo, precisariam de uma boa refrega para compensar a adrenalina acumulada. Caso a coisa não desse em nada, com certeza, iam ficar deprimidos. E deprimidos, era sabido, ficavam ainda mais perigosos.

Tereza Cavalo não aguentou ficar no quarto. Ainda mais com aqueles homens à porta. Foi lá para a sala onde estavam Demétrius e boa parte dos homens. Uns bebiam, limpavam as armas ou as acariciavam, sabe-se lá, enquanto outros olhavam atentamente pelas janelas, pelas portas, apuravam os ouvidos, fumavam, comiam, cochilavam, cantavam baixinho, ou até mesmo oravam. Se para Deus ou para o Demo, não se podia afirmar. Quem não a conhecia, estranhou, quem a conhecia, viu que era apenas Tereza Cavalo. Ponto. Ela pegou uma das garrafas de uísque, dois copos, colocou uma dose em cada um e repassou um deles para Demétrius. Ele não queria beber, mas aceitou. Mal não faria. Ela matou o dela antes do patrão bicar o dele. Então, ela encheu o próprio copo novamente e foi rondar pela casa. Quando ia saindo, Demétrius viu que ela tinha um 22 na cintura, às costas. Aquela era Tereza Cavalo. Enquanto ela sumia pelos corredores da casa, ele pensava: ai de algum homem daquele bando que se deparasse com ela. Enquanto tentasse tirar a roupa dela, sem pena nem piedade, levaria um tiro certeiro bem no meio das bolas.

O grande relógio badalou. Este, muitos ali sabiam, numa tarde silenciosa, podia ser ouvido longe, bem longe, lá da estrada, muito antes da fazenda. Alguns bois mugiam. Não sabíamos se reclamavam do ruído ou se estavam ajudando o relógio a despertar as pessoas para os seus compromissos. E os homens ouviram mesmo bois mugindo quando o melancólico relógio badalou às oito da noite. E até agora nada. Quando deu meia-noite, os homens estavam à flor da pele. Começaram a achar que o bando iria surpreender. A madrugada era uma hora propícia. Havia o cansaço e o sono, também a escuridão, né? O bando se fiaria nisso. Que se preparassem. Alguns ali já tinham lutado contra aquela horda de arruaceiros, e, na maioria das vezes, foi assim. Só vinham no horário combinado quando o fazendeiro acatava a ordem, quando desobedecia, qualquer hora era hora. Mas deu duas da manhã e nada. Era preciso ficar atento mesmo assim. O bando era traiçoeiro. Eles vão chegar. Mas deu quatro da manhã e nada. Demétrius já estava pálido, com olheiras e vez em quando cochilava a ponto de quase cair da cadeira. Alguns homens riam da cena, de longe, sob os chapéus fedorentos de sol e suor.

O galo, feito um cantor de ópera, colocou o peito pra fora e soltou a voz. Quando o dia entrou rasgando por entre as frinchas das portas e janelas, Tereza já estava com o café de Índia. Ela, que dormira a noite toda, acordou cedo. Não queria dormir, de jeito algum, mas acabou cedendo ao cansaço. Perguntou a Tereza: "Nada?". Tereza balançou a cabeça negativamente e acrescentou: "Quem sabe, hoje? Descanse mais um pouco. A casa está horrível. Barulho, agitação e muita sujeira". Índia comeu com vontade. O homem que ficava dentro do quarto dela tinha a ordem de sair assim que ela acordasse. Precisava de segurança, mas também de privacidade. Foram todos eles fumar lá fora. Índia, depois que fez a higiene matinal e tomou o café, logo quis sair do quarto. Queria dar uma volta, ir ter um pouco com Demétrius, mas os homens não lhe permitiram. Tiveram de chamar o patrão. Ele explicou-lhe que a coisa ainda estava muito tensa. Talvez o bando estivesse aprontando. Era bom aguardar, todos em seus devidos lugares. Tudo pode virar de pernas para o ar a qualquer momento. O bando é traiçoeiro. Era o que diziam. Logo isso acabaria e a vida voltaria ao normal. Então, contrariada, ela foi para o quarto e deitou-se novamente. Ele foi tratar de outras urgências.

No dia seguinte, a mesmíssima coisa. Só espera e mais espera, nada mais que espera. Alguns homens começaram a discutir e até quiseram brigar. Tereza Cavalo logo bateu as palmas das mãos e, energicamente, gritou: "Ei, ei, ei. Tão pensando que aqui é o quê, hein? Vocês estão numa casa de respeito. Podem parar os dois. Se quiserem brigar, vão fazer isso na casa de vocês". O silêncio logo voltou. Demétrius olhou para ela, depois inclinou a cabeça para trás, no espaldar da cadeira, e fechou os olhos. Aquilo estava matando a todos, concluiu.

No terceiro dia, trocaram boa parte dos homens da casa por um novo contingente. Foi bom renovar. Novos ares, menos tensão. Alguns dos que estavam na casa foram para outros pontos também estratégicos. O relógio badalou meia-noite, bois mugiram, e logo após isso, ouviu-se um tiro. Levantou-se um tremendo alvoroço dentro da casa-grande. Ficaram em alerta. Quem estava dormindo, despertou e já estava com o dedo no gatilho. Dedos tensos de sede e fome de disparos. Muitos gritaram "Vamos logo arrancar a cabeça desses cabra, camaradas!". "Vaaaaaamos", ouvia-se a resposta em uníssono. Mas nada mais aconteceu após o disparo. Pairou, então, um terrível silêncio. Foi quando bateram na porta. Havia uma senha, claro. Um homem entrou e pediu desculpas a todos. Um dos seus homens, que estava no curral, deixou o rifle cair e este disparou. Demétrius disse-lhe que tivessem mais cuidado, que travassem as armas. Isso mexe com os nervos de todos e pode causar algum problema, ferir alguém, prejudicar o plano. Devemos triplicar o cuidado. O homem se desculpou novamente, pediu licença e foi para o seu lugar no curral.

Quinto dia e nada. Alguns homens queriam ir embora. Precisavam matar alguém e ali, era o que parecia, isso não ia acontecer. Demétrius não tinha muito o que fazer. Não podia segurá-los. Ele mesmo achava que o bando já tinha desistido, alterado o plano, sabe-se lá. Talvez o homem do bando que veio trazer a carta contou ao líder que a fazenda estava bem-preparada, cheia, agitada. Demétrius deixava o rádio ligado todos os dias, baixinho, perto do ouvido, mas não havia notícia de estripulia do bando.

No sexto dia, mais uma leva de homens pediu para ir embora. Eles já tinham feito o que tinham de fazer. O número foi se reduzindo, reduzindo. De quase quinhentos, permaneceram menos de duzentos. Demétrius ficou preocupado. A casa parecia vazia. Só havia dois homens à porta do quarto de Índia. Tereza disse que no dela não precisava. Podia dispensar. Ela já estava até pensando em trazer a casa ao normal de novo. Demétrius pediu só mais um dia ou dois, no máximo. Estava ainda preocupado. Mas, logo relaxou, pois ouviu no rádio que o bando saqueara uma fazenda que também havia se recusado a recebê-lo. Era lá para as bandas dos Pinto, perto dos mata-burros, das carnaúbas, já quase no brejo. Longe, muito longe da fazenda de Demétrius. E ouviu ainda que a polícia já estava no rastro deles. Voltar pelo caminho por onde a polícia ia não seria muito inteligente. Era dali para frente. A casa-grande já podia voltar ao normal. O cerco estava encerrado. Todos podiam voltar para suas vidas de sempre. Mas, antes, para quem havia ficado, Demétrius ofereceu uma grande festa. Um churrasco. Muita bebida, comida, forró e o que mais quisessem. Os homens ficaram loucos de alegria. Havia um sol feito uma coroa de ouro afundando no azul. Apareceu uma sanfona, uma zabumba e um triângulo. A poeira subiu e o forró comeu solto. No final, os convidados levaram, cada um, pedaços generosos de animais de todos os tipos. Presente do patrão. Depois disso, mais nada. Silêncio de novo, paz de novo. A casa-grande voltou mesmo ao normal. Demétrius ainda ouviu no rádio que o bando já havia cruzado a fronteira e a polícia continuava em seu encalço. "Que eles fossem para o quinto dos infernos", esbravejou. Por um lado, satisfeito pela casa voltar ao normal, por outro, decepcionado por não ter tido a oportunidade de matar o líder assassino do bando.

No dia seguinte, quando foi lá fora, logo bem cedo, ainda com uma xícara de café esfumaçando e um palheiro pendurado nos lábios, Demétrius viu Índia e Tereza Cavalo conversando próximas a um pé de roseira que acabara de dar alguns botões. Tereza estava agachada. Numa das mãos, trazia uma tesoura. Animada, cortava aqui, ali, acolá, e sempre falando e falando. Índia, de vestido branco, com o corpo um pouco inclinado para frente, a mão direita segurando uma mecha do cabelo-graúna atrás da orelha para facilitar a visão, observava tudo com muita atenção. Trazia um largo sorriso. Ele tomou um gole de café, deu um bom trago no cigarro e riu. Depois, olhou em volta, ali, toda a sua terra e as suas coisas — gostava de fazer isso —, riu de novo e pensou que era muito bom voltar à vida, à velha rotina de sempre. Àquela que todos logo estariam praguejando.

X. DEVE SER DO TAMANHO DE UM BOI

A vida e suas travessuras. Existindo e indo, correndo sob a pele feito um rio caudaloso. Então, ouvimos um impacto, depois outro e mais outro. É a natureza em sua festa de nascimento e morte, morte e... nascimento. Os frutos em queda, um atrás do outro, mostrando que a vida ainda está viva. Índia, andando pela casa, segurou-se numa cadeira e depois sentou-se ofegante e pálida. Ficou ali como se tivesse perdido a sustentação no mundo. Em seguida, correu para o banheiro: "Estou enjoada, vou vomitar, Deus!", disse entre uma e outra ânsia de vômito. Tereza Cavalo riu. Índia olhou para ela e, sem entender o motivo do riso, ficou ali, com lágrimas e babas, parada, olhando-a com seus olhos de fogo.

Quando Tereza Cavalo foi dar a notícia a Demétrius, ele estava no escritório muito compenetrado na escrita de uma carta. Parecia lutar com as palavras feito um homem na escuridão buscando a porta da saída. Tereza deu alguns toques num umbral e logo os olhos do patrão fixaram-se nela feito um ladrão que é surpreendido em plena ação. Mais ou menos como se estivesse quase decifrando o código de um cofre e alguém o pegasse nisso. Para complicar, Tereza não sabia se ria ou se chorava. Tentava falar, mas não saía nada. Os olhos do patrão abriram-se mais um pouco. Era um sinal, esperava. Como ela ainda não conseguia se desembaraçar daquele nó, Demétrius soltou sua caneta sobre a escrivaninha num gesto ruidoso de impaciência. Como se dissesse: vai ficar aí o dia todo ou vai desembuchar de uma vez? Ela entendeu a mensagem, então, disparou: "Acredito que Índia esteja grávida". Demétrius logo levantou o queixo como alguém que procura divisar melhor algo a distância, sorriu, abandonou a carta, esquivou-se de Tereza, passou pela porta numa rigidez militar e logo foi falar com Índia. Tereza foi atrás. Quando entrou no quarto, Índia estava sentada na cama, com as pernas entre os braços como se estivesse digerindo a coisa toda. Evidentemente que ainda era uma suspeita de Tereza, mas ela é uma mulher, sabe, sente, intui. E no fim, após os exames, fato, Índia ia ser mãe. Estava passando um pouco do primeiro mês de gravidez. Os cuidados com ela foram redobrados.

Gravidez não é como uma fazenda, portanto, acerca disso, Demétrius não sabia nada. Perguntou a Tereza o que ele deveria providenciar desde já. Tereza não tinha filhos, mas não há necessidade de tê-los para saber como lidar com isso, pelo menos não para uma mulher, é o que parece, pois Tereza Cavalo sabia de cor e salteado toda essa cartilha escrita pela Mãe Natureza. Deviam ser feitos exames, estabelecer uma nova rotina, acompanhamentos, cuidados etc., ela dizia. Foi designado um médico da cidade para acompanhar tudo. O melhor, quero o melhor, exigia Demétrius. Parecia um pavão com a cauda aberta em leque, pra lá e pra cá.

Índia, pouco a pouco, acostumava-se à ideia de que ia ter um filho. Estranhava algumas reações em seu corpo. Estranhava também o cuidado excessivo da parte de todos. Quando estava com sua família, tinha de se virar. Agora Demétrius vivia perguntando coisas. Coisas que ela não sabia responder, pois nunca tinha lidado com isso. Seu corpo crescia, sua pele mudava, seu rosto arredondava, sua boca, seus olhos, tudo estava diferente. Sua barriga ia ficando saliente, um pouquinho a cada dia, e ela sabia que ia crescer ainda mais e mais até, talvez, explodir pela casa. Porém o que estranhou mesmo foi saber que crescia uma pessoinha dentro dela. Tá, ela tinha visto sua mãe grávida, viu seus irmãos nascerem, pequeninos, indefesos, e até feios, mas daí a ela ter um filho dentro dela já era outra coisa. Achava que isso nunca iria acontecer com ela. Quer dizer, não pensava mesmo nisso.

Demétrius já queria comprar o enxoval do filho. E queria também confirmar o sexo. Ele não conseguia esperar. Mandara comprar revistas na cidade, na capital, quis saber quais as melhores lojas, os melhores fornecedores. Estava de fato ansioso. Tereza Cavalo queria acalmá-lo, mas deixou por isso mesmo. Afinal de contas, ele estava numa euforia incontrolável. Por outro lado, Índia se fechava cada vez mais em seu silêncio e estranhezas de si mesma. Não parava de olhar e alisar a barriga. Fazia isso como quem acaricia um cachorrinho, mas mantém-se em alerta, por receio de levar uma mordida.

E a barriga ia crescendo como se o tempo erguesse a sua morada, tijolo a tijolo, construindo o seu palácio. Índia estava rechonchuda e pegava na barriga como quem segura um pacote pesado para poder continuar na caminhada. Olhando-a assim, ninguém sabia quem arrastava quem. Ela também estava comendo muito. Vivia faminta como se não comesse há dias. Tinha desejos bizarros: macarrão com chocolate, goiabada com farinha. Um dia, lembrou-se de uma fruta que havia comido uma vez quando era muito pequena. Tentava porque tentava lembrar-se do nome da bendita, mas sempre lhe vinham à mente outras tantas palavras — abacaxi, beterraba, batata, enxada, queijada, mangaba, cabaça — que, nesse exercício da memória, sabe-se lá por que, sempre achamos que são nomes muito próximos da palavra que realmente almejamos. Mas, assim que a tão ansiada palavra brilha feito uma moeda de prata sob o sol do meio-dia, percebemos, então, que algumas palavrinhas penetras estavam ali — é o que parece — apenas para dificultar o nosso intento. Lembrando ou não, Índia desejava a fruta de forma tão intensa que o gosto se derramava em sua língua, o cheiro tomava o quarto. Estava impregnado nas coisas, nas roupas, na casa toda. Veio a noite e ela tentava ainda lembrar-se do nome, mas nada, nada. E a vontade louca de comer a fruta matando-a por dentro. Demétrius, de tempos em tempos, perguntava: "Lembrou-se? lembrou-se? Lembrou-se? Pelo amor de Deus, lembre-se logo, não vá matar o menino". Reforçava. E Índia: "Não, não, ainda não lembrei".

Quando deu três da manhã, ela acordou Demétrius. Assim que ele abriu os olhos e pôde ver o mundo real à volta, ela disse: "Quixaba". E ele, atônito, disse: "Hum?". E ela, firme, reforçou: "Quixaba. A fruta que eu quero é quixaba". E ele mandou chamar alguns homens. E estes logo saíram sonolentos sobre cavalos sonolentos, todos dentro do mato sonolento para colher quixabas sonolentas. E, quando eles voltaram, carregados da bendita fruta, Tereza Cavalo lavou todas elas e repassou a Índia uma tigela enorme cheia de coisinhas pretas feito bolas de gude. Ela amanheceu comendo as frutinhas, rindo, num mastigado sem fim, mergulhada naquela sua típica alegria contida e muda.

Índia já estava no quinto mês de gravidez. Dentro dela havia um bebê enorme. Era o que dizia, sempre cheia de dengo. Demétrius estava uma pilha porque ainda não sabia o sexo do filho. Queria saber logo, queria comprar logo as coisas, preparar tudo. Era o herdeiro, e este seria apenas o primeiro. Começara um pouco tarde, mas queria uma renca, vários, todos. Muitos meninos correndo e gritando dentro da casa-grande. Seriam todos donos de fazendas, grandes fazendas. Nenhum deles passaria dificuldade, não. Estavam com a vida ganha. Não quis se casar na juventude. Viajou, conheceu o mundo. Então viu Índia e logo se encantou por ela. Não porque viu uma mulher, uma índia linda, ela era isso, sim, mas porque viu a sua mulher, a mãe dos seus filhos, a companheira para o resto da vida dos dois. Quando a viu, ali, desconfiada, com os olhos em brasa, olhando-o como se quisesse queimá-lo com seu fogo, ele disse: nem quero saber quem você é, de onde vem, nem como se chama, o que sei é que agora você é minha, minha índia, a mãe dos meus filhos, de todos eles. E serão muitos. Eu te batizo nesse grande fogo que há em seus olhos. Eu me batizo nele. Batizo todos os nossos filhos. Estava eufórico, feliz.

"O patrão é outro", diziam os homens. "Tá diferente, né?" Um dia, Demétrius entrou no escritório e abriu a vitrola do pai. Ele soprou tudo: pó, lembranças, saudades. Havia também diversos discos. Todos há muito tempo guardados feito segredos milenares. Não abrira a vitrola desde que o pai morrera de enfarte. Pegou um uísque, pôs uma dose e tomou enquanto preparava a vitrola. Estava um dia de muita luz. O grande cajueiro parecia uma aparição sob toda aquela luz do sol bolando no céu azul feito um facho de fogo.

Da cozinha vinha um cheiro de comida e ele podia também ouvir as vozes das mulheres em suas labutas. Conversavam mansas e arrastavam, malemolente, seus corpos grandes e pesados. Aqueles quadris enormes dos filhos que, de nove em nove meses, rasgavam suas entranhas sem nenhuma piedade. Eram analfabetas, sim, mas ninguém lia o mundo como elas. Depois de velhas, sábias, ensinavam às mais novas as receitas da cozinha, da vida, dos amores, dos filhos, e dos abandonos.

Feliz, atento, com os ouvidos no mundo, ouvia os chiados das frigideiras, o arrastar preguiçoso dos chinelos. Também sentia o cheiro do arroz, da manteiga, da banha, da carne e mandioca fritas. Ele pensava no filho, no filho, e no filho. E quando pensava nele, todas as lembranças, mesmo as relacionadas ao pai, a sua partida definitiva, pareciam suportáveis. Por muito tempo, procurou ficar longe da vitrola e dos discos tão queridos do velho. Longe, porque quando uma daquelas músicas disparava dentro da casa, parecia que tudo doía, ele doía, as paredes doíam, a fazenda inteira era uma dor só. Mas o tempo passou, muito tempo, e agora, veja, vinha o seu primeiro filho, seu primeiro herdeiro, aquele que ia dividir com ele os grandes momentos da vida. Aquele que um dia ele veria se formar, ficar importante. Era um orgulho antecipado. Então, escolheu um disco do Gardel. O pai tinha todos. E o pôs pra tocar. Todo o seu corpo vibrou entre o chiado do disco e o momento em que a música ecoou. Então, deixou tocar. Lentamente, foi até o uísque, tomou outra dose e sentou-se. Olhou para a vitrola como Moisés mirando a Terra Prometida. Era mesmo suportável. Havia um fim, ainda, mas agora, também havia um começo. A música ia longe. Os homens mais antigos, da época do seu pai, com enxadas, martelos e alavancas nas mãos, pararam e olharam a casa. Alguns até ficaram de olhos marejados. Um filho pode mudar muita coisa numa casa, numa família. Pensaram os homens. Depois voltaram ao que estavam fazendo. Dedicados como sempre.

"Este menino tá me mantando, deve ser do tamanho de um boi", esse era o bordão de Índia. Vivia indisposta, sentava-se e respirava fundo para, logo em seguida, tentar uma nova caminhada, como o médico havia-lhe recomendado. "Ande, sempre que puder, ande", ele disse. Tudo ia bem, mas ela reclamava e reclamava. Só ficava em paz quando sentava-se à mesa, e logo as mulheres preparavam-lhe um prato cheio. Comia de lamber os dedos. Misturava macarrão com farinha e açúcar, e queijo, e até rapadura. Demétrius comendo, muito lentamente, vez em quando, por cima dos óculos, olhava para Índia, depois para o prato bizarro dela, em seguida olhava para as mulheres e, numa expressão estranha, voltava ao seu prato. As mulheres riam, depois diziam: "Ligue não, patrão, foi assim comigo também, isso é saúde, viu?". De novo, ele olhava por cima dos óculos e logo voltava ao seu prato, enquanto Índia, desesperada, raspava o dela num som irritante.

Pouco antes de chegar à vigésima quarta semana da gravidez de Índia, Demétrius já queria levá-la para saber definitivamente o sexo do menino. Os ciganos, quando estiveram na fazenda, e leram a mão de Índia, falaram num menino. Isso já era um bom sinal, mas ele queria levar Índia a uma amiga da mãe dele, uma senhorinha mística, conhecida da família, para descobrir o sexo do bebê. Não havia nenhum ritual, farfalhar de folhas, incensos, religião, simpatia nenhuma, nada. Apenas olhava a grávida, apalpava aqui e ali, depois dizia o sexo. Tinha fama. Não errava uma. Era batata. A única exigência que fazia era pra só levar a grávida lá quando estivesse mesmo com vinte e quatro semanas. Só isso. Tereza Cavalo, animada e querendo ainda mais animar o patrão, dizia que, pelo formato da barriga de Índia, era mesmo um menino, sim. Não era redonda, tomando todo o ventre, espalhando-se uniforme. Era feito um ovo que ia crescendo e crescendo, descendo e descendo, como se o menino já quisesse engatinhar muito antes de nascer. Viu uma barriga assim em várias mulheres. Era tiro certo: um menino. Índia ia em seu andar de coxo, mãos nas cadeiras, respirando com dificuldade. Aquilo parecia mesmo um menino. Um pequeno Demétrius, impaciente, teimoso, difícil. Ela brincava. Eles riam.

Demétrius trouxe a família dela, a mãe, o pai e os irmãos para ficarem na casa por um tempo. A mãe dela entendia de filhos. Ora, tivera três. Demétrius deixava que dessem palpite aqui, ali, acolá, mas a última palavra era a dele e ponto. Ninguém duvidava disso. Todos já o conheciam. Era um homem bom, decidido, mas tinha lá o seu gênio. Aquilo era Demétrius. Ele também já estava vendo os detalhes para fazer uma grande festança quando o menino nascesse. Depois faria uma festa ainda maior após o batismo. Rufino fazia questão de batizar o menino. Demétrius estava também providenciando um investimento, uma poupança para deixar um dinheiro para que o filho, depois de grande, fosse estudar fora. Medicina, direito, engenharia etc. Até já falava com os amigos que moravam no estrangeiro. Ocupava-se da fazenda, ainda com todo afinco, mas logo que resolvia alguma pendência, corria para os detalhes da grande chegada do filho. Queria ver o berço, o móbile, o quarto, tudo. Assim ou assado? Desse jeito ou daquele outro? Perguntava a Índia e a Tereza Cavalo. Índia olhava, tentava falar, mas nada saía. Então, ria. Tereza logo respondia: "Assim não, assim, entende?".

Às vezes, um dos seus homens falava com ele, mas Demétrius parecia não ouvir. Precisava de um tempo para entender o que se passava. Então, ele olhava para o homem ali, à sua frente, e dizia: "Tô ouvindo. Vai, desembucha de uma vez". E o outro olhava-o com espanto e, timidamente, dizia: "Mas patrão, eu já lhe disse tudo. Acabei de contar a história toda". E ficava aquele clima tenso, os dois se olhando e sem saber o que dizer um para o outro.

Quando completaram as vinte e quatro semanas, foram Demétrius, Índia e Tereza Cavalo à senhorinha para, definitivamente, saber o sexo do bebê. É evidente que Demétrius amaria o bebê se fosse uma menina. Ora, era seu rebento, como poderia não amar? Mas ansiava muito por um menino para que este, assim como um rei, assumisse o trono, o trono da fazenda Luzia, e tocasse os negócios como ele também havia feito com o pai. Queria, sim, muitos filhos. Meninos e meninas, claro!, todos e todas correndo felizes e saudáveis pela fazenda.

A senhorinha chegou. Arrastava-se em velhos chinelos, o rosto repleto de rugas, mas os olhos vivos feito duas pérolas cinzas e brilhantes fincadas numa fruta seca. Em sua miudeza, como uma boneca velha que havia adquirido movimentos humanos, olhou

Demétrius, riu, passou as mãos cheirando à alfazema no rosto dele, como se aquele homem ali fosse ainda o menino de cinco anos que ela um dia conheceu, depois olhou Índia. Esta logo riu, desconfiada, como se a estivessem vendo por dentro. Foi o que sentiu. Não sabia se a estranheza vinha de tanto Demétrius ter falado daquela senhorinha ou se essa sensação partia mesmo dos seus poderes sobrenaturais. A velhinha, então, com um sorriso largo que denotou dentes simetricamente perfeitos, porém impossíveis naquela boca murcha, olhou a barriga da grávida, em seguida mirou as costas, tomou distância e examinou os quadris. Pediu que Índia abrisse a boca, os olhos, olhou os ouvidos, os seios e, por fim, massageou a barriga, ora de forma mais delicada, ora mais forte — Índia ria, devido às cócegas, noutra fazia caretas, por causa da dor — depois rodou pela casa, passou a mão no rosto, ficou um tempo em silêncio, olhou Demétrius, olhou Índia e, sem uma expressão definida naquele rosto de pergaminho — poderia ser de alegria, de cansaço ou mesmo de enfado —, concluiu: "É um menino. Sim, é mesmo um menino", reforçou. Demétrius levantou-se como se só agora percebesse que estava vivo. Tentou fechar a cara, mas, como o sorriso veio muito forte, trouxe também um indício de choro. Uma coisa estranha. Um choro-sorriso. Rodou pela pobre saleta, sem mais conseguir caber em si. Tereza Cavalo também ria e chorava, as mãos na boca. Índia deu um sorriso azedo. Já era um bom sinal. Estava aprendendo a lidar com a coisa.

Saíram de lá muito felizes. Foram a uma sorveteria. Índia estava desesperada por um sorvete de sapoti, jaca ou graviola, qualquer um desses. As sorveterias começavam a surgir, uma aqui, outra acolá, e eram a sensação do momento. Demétrius comprou vários. Ela comeu todos. Depois, andando feito um pinguim, entrou no carro. Foram-se. Demétrius guiava o jipe com os olhos na estrada, mas parecia não a ver. Estava alhures, flutuava. Trazia o seu típico sorriso nascendo e morrendo sob o bigode loiro. Tereza Cavalo vinha ao seu lado, Índia atrás com bastante espaço para se refestelar no banco. Vez em quando, gemia, respirava fundo ou reclamava dos buracos no caminho, mas parecia feliz. Tinha devorado inúmeros sorvetes, mas ainda estava com vontade de mais. O filho devia amar, porque antes da gravidez ela nem gostava tanto assim dessa guloseima. Só podia ser o menino pedindo sem nem ainda ter nascido. É um genioso, sim, ainda por cima deve ser do tamanho de um boi. Dizia enquanto, desesperada, tentava achar uma posição confortável no banco.

XI. O ÚLTIMO VENTO, O ÚLTIMO VERSO

Depois que eu já não podia mais ser aquilo que eu queria, quando meu corpo começou a adormecer sem sono, quando a mulher em mim começou a envelhecer ainda jovem, quando o prazer se sedimentou à lama no fundo do rio escuro, foi quando comecei mesmo a morrer. Epitáfios, calvários arrastados nos chinelos pela manhã logo bem cedo em meu andar de moribunda. Ventos frios, gelados pelas frinchas dos antigos anseios. Tornei-me um saco vazio. E para que serve uma mulher? Minha vida subiu a escada e depois caiu de lá. Demétrius sabe que sei. Ele não é homem de esconder. Sentia que seu cheiro havia mudado. Havia cheiros no cheiro, como quando uma pessoa estranha dorme na sua cama. A cama muda, a casa muda, os olhos mudam. Ele me olhava de soslaio. Mas até aí tudo bem. O que fazer? Não são só as alegrias que unem um casal. Desencontros também o colam. Com dores, sim, mas o colam. Demétrius saía com outras: sirigaitas sem futuro. Depois ele voltava feito um cachorro buscando abrigo, querendo o cheiro da cadela antiga. E ele vinha e cabia perfeitamente em meus braços, como uma prótese se ajusta à boca logo pela manhã. E ele adormecia em seu cansaço e remorso, mas seus olhos não negavam nada. Ali estava a verdade feito as flores nas mãos de um morto. O prazer já se tinha ido, restava a dor. A dor de não ter a vida de antes. Afinal de contas, para que remar para trás se há toda essa água a nossa frente, esse imenso rio feito a pele de Deus? Essa substância estranha que nos alimenta e nos afoga? Tire toda essa água e o planeta não terá mais graça nem vida. Será apenas um pedaço imenso de terra, feito uma imensa castanha-de-caju vagando no nada. Rema-se é para frente, nem que seja em direção ao abismo. Porque o que vale é a viagem. Meu homem, meu homem, meu homem, eu dizia sem parar para que minha alma e minha solidão acreditassem nisso. Para que a minha boca tomasse a forma dessas palavras, para que a minha mente gravasse a frase como o ferro em brasa na pele dos animais de Demétrius. Que ele deixasse em mim a sua mancha de macho. Que entrasse em mim e me despejasse de mim, e depois me habitasse e de lá nunca mais saísse. Mas sou mortal, sim? Trago a angustiante pecha humana, a marca milenar e pesada. A dor que é minha e é de todos. Sou isso, essa humana com uma hóstia podre na boca, este estigma de Eva, este resto de Adão, esta facilidade para a queda. A queda que cria o Caos e equilibra o mundo, o Orco. Mas trago também a teimosia da maçã. Entre todas, quero aquela vermelha e macia feito o gozo. Quero essa tulipa de carne envolta em mel, o inseto longo, redondo rondando a minha polpa, querendo entrar, reinar e depois povoar o mundo, multiplicar-se. Seguir o grito emergente da criação, seguir o eco do hino que ainda ecoa na concha de cada um. Sim, eu tinha a teimosia. Essa insistência em viver, de ir atrás do que já estava irremediavelmente perdido. Porque irremediavelmente pode ser apenas uma palavra longa. Por outro lado, o que adianta teimar, o que adianta irremediavelmente ser apenas uma palavra longa se o corpo não vem junto? Se teima em não se levantar comigo todas as manhãs? Fica lá, deitado feito a velha pele de uma cobra, feito um corpo oco sem vida, algo amorfo que desistiu de seguir? O que adianta? O que adianta? Ora, eu também era uma rede vazia, uma noite sem lua, um dia sem sol, um céu sem nuvens, uma rosa sem cheiro, uma mulher sem mulher. Tonta! Tonta! Uma mulher não nasceu apenas para ter filhos. Há outras coisas. Muitas outras coisas. Eu sabia, eu sabia. No mais fundo, eu sabia. Esse grito, vez em quando, vinha lá de dentro de mim feito um prisioneiro gritando numa masmorra. Mas eu não ligava para ele. Eu o mandava calar. Pedia que os guardas fossem lá cortar a sua língua, a sua garganta. O que eu queria era me multiplicar, multiplicar o meu homem, habitar o mundo, encher meu chão de seres feito um campo desvairado de girassóis em fogo. Queria colorir o meu cinza como as crianças que inventam companhias para povoar a solidão. Queria as cores nos quadros em branco da minha vida ainda jovem e já quase morta. Quanto tempo dura uma vida? Demétrius, devolva-me, devolva-me. Eu quero ser a menina em cima do seu Azulão. Quero dormir nas ancas duras e agarrar-me em tuas costelas, na tua barriga dura de vaqueiro. Quero ver seus lábios mordendo-se de desejo, sentir teu cheiro de suor, fumo, perfume vencido e sexo, sexo, sexo. Quero, quero, quero. Este é o meu grito dilacerado e tão sozinho.

Ah, estou tão cansada. Pensar é como falar no ouvido de si mesmo. Conversar e se escutar ao mesmo tempo. Julgar-se e absolver-se. Sussurrar também pede energia. Quem é esta que me condena e me absolve? Esta outra sem nome que responde? Esta, escondida nos escombros daquela que pergunta? Deus devia furtar a mente dos fracassados, arrancar os pés daqueles que ficaram pelo caminho. Devia devorar as nossas lembranças feito os mendigos que lambem as suas cuias. Ah, a cigana, agora entendo aquele olhar, aquele silêncio, aquela acolhida das minhas mãos em suas mãos quentes e aquele beijo de mãe protetora. Ninguém pode proteger um outro do futuro, sabia? Nenhuma flor tem a consciência do seu fruto. Agora sei. A flor até que brotaria, mas não o fruto, não o fruto, não é? Agora entendo. Agora entendo. A cigana sabia, assim como alguém que ouve uma notícia no rádio e depois conta para outro logo mais à noite. Ela me contava uma notícia que aconteceu para ela e que iria acontecer para mim só muito depois, muito depois. Como alguém que vai buscar água num poço que já secou, alguém que canta uma música exaustivamente cantada, como alguém que conta uma piada a qual todos já conhecem o final. Estou cansada, tão cansada, não de mim — sei, sou muito mais —, mas da mulher que sou, ou da mulher que não sou. Estou morta, estou morta, sei, não eu ainda, mas a mulher em mim. Esta que, definitivamente, não quer ser eu.

Preciso parar agora. Estou mesmo fraca, além do mais, o quarto está muito movimentado. Uma enfermeira sai e outra entra. Algo pode ter-se desmantelado. É assim todos os dias, já me acostumei ao bafejo das incertezas. Sei quando o dia muda assim como os animais sabem que alguma coisa vai mudar, apenas pelo cheiro das coisas, pelo movimento das pessoas, pela direção do vento, pela agitação das árvores. Observam, então se recolhem. Vou também me recolher. Logo continuarei. Pode ser que não continue de onde parei. Onde foi mesmo que parei? Já não lembro. Mas tudo bem. Seguirei até que cesse o último vento, o último verso, a última luz... o sopro derradeiro, e a Grande Noite chegue com sua mordaça.

[Adormeceu. Vamos trocar a roupa dela.]

XII. FOI QUANDO SOOU UM GRITO

Era madrugada, a lua brilhava feito uma moeda de outro, pairava um silêncio. Ora, o som dos grilos, dos sapos martelo, dos vira-latas latindo ao longe, das cigarras, dos insetos explodindo nos lampiões, do bater de asas das corujas, todos esses ruídos não incomodavam a mais ninguém ali. Estavam acostumados. Para incomodar mesmo, teria que ser algo totalmente fora dessa harmoniosa sinfonia. Por exemplo, um tiro, uma batida forte na porta ou a queda de uma grande árvore, por aí. Afora isso, todos os outros ruídos não passavam de silêncio. Uma coisa que chegava até a embalar o sono e os sonhos como assim fazia a chuva. Enquanto muitos associavam à chuva ao choro de Deus, Índia dizia que era o Criador sorrindo. E este sorriso a punha pra dormir como se o mundo fosse um imenso algodão, limpo, macio, cheiroso. Um imenso sorriso. E, naquela noite, ela se sentia bem. E Demétrius tinha ouvido os discos do pai e se sentia forte, firme, confiante. Tudo estava certo, cada coisa no seu lugar. Era uma daquelas noites em que nada parece abalar nada. Todos estavam bem. Quase não houve reclamações sobre algo na fazenda. Os homens tinham recebido o pagamento e estavam todos animados. Nada fora do lugar. Era como estar dentro de um barco, todos repousando os músculos após terem remado boa parte do rio. Agora era só relaxar e deixar ir. Foi quando soou um grito assustador. Um grito que parecia não acabar mais. Um grito que vinha com toda a força, repousava rapidamente para retomar o fôlego e tornar-se um outro grito ainda maior, e depois, vários. Logo que Demétrius despertou, na penumbra, ainda sem entender o que se passava, olhou Índia e viu que todos aqueles gritos terríveis saíam da boca dela. Não acreditou no que via, no que ouvia. Pensou que era um sonho. Logo bateram na porta do quarto. Era a realidade querendo entrar. Ele já ia levantar-se para abri-la, mas não sabia o que fazer primeiro. Ainda perguntou a ela o que estava acontecendo, mas Índia só gritava, gritava e gritava. Gritos cortantes. Então, levantou-se, acendeu o lampião e, em meio aos gritos, foi abrir a porta. Era Tereza Cavalo e mais três homens. Estes empunhavam os seus rifles. Tereza Cavalo vinha na frente, nervosa, pronta para o que der e vier. Pediu desculpas, licença, foi entrando e logo perguntou o que estava acontecendo. Demétrius, aturdido, apenas disse que não sabia. Acordou com os gritos, perguntou o que estava se passando, mas Índia não dizia nada, só gritava e gritava. Tereza entrou e foi falar com a menina, mas nem precisou chegar até ela, logo pôs a mão na boca e gritou: "Prepare os homens, os carros, ela tá sangrando muito, pode perder o bebê". Demétrius empalideceu. Depois, agitado, gritou para um lado e para o outro: "Vamos, vamos, rápido, todos". Estava desesperado. Índia não mais gritava. Gemia e chorava, tremia-se toda. Tereza já foi providenciando tudo. Rápida, prática, decidida. Tomaria conta daquela fazenda sozinha se lhe pedissem. Colocaram Índia no jipe e partiram o mais rápido que puderam. Iam na frente. Atrás, mais dois carros guiados pelos homens de Demétrius.

Ficou internada. Demétrius permaneceu com ela alguns dias, mas precisava voltar. Muita coisa acontecendo na fazenda, e sem ele e Tereza lá nada andava. A fazenda derreteria feito uma pedra de gelo. Deixou Tereza Cavalo com Índia e pediu que o mantivesse informado. Na estrada, ele ainda estava trêmulo, preocupado. Chegou à casa-grande e não se achava nela. Passou todos os dias feito um zumbi, zanzando para lá e para cá. A arara estava casmurra. Sabia que algo não estava certo. A casa sem Índia era como uma fruta sem polpa. A ave estava nervosa. Lamentava-se em seus vibratos de língua presa. Quando Demétrius ia alimentá-la, ela não comia. Não parava de falar o dia todo: "Índia, bom dia, quero comer, menina, vem cá!". Quando era Índia que colocava a comida, a arara comia, a dona acariciava os cabelos da amiga, então, a ave se aquietava. Até cochilava a ponto de muitas vezes quase cair do poleiro. Porém, por aqueles dias, ela estava louca. Arrancava as penas, bicava-se toda, chorava. Na madrugada, ainda gritava: "Índia, bom dia, quero comer". Demétrius estava louco com ela. Estava quase lhe dando um tiro nas fuças. Ligou para Tereza, mas nada de novo. "Índia está sedada, só dorme, e quando acorda não diz nada, só nos olha assustada, chora, depois dorme de novo. Os médicos também não falam nada. Ficam pra lá e pra cá em seus gestos silenciosos e apressados. Em seus olhares de esguelha. Estou ainda aguardando notícias", numa voz trêmula, disse Tereza Cavalo.

Três dias depois, ela ligou para Demétrius. Sua voz estava estranha, embargada, parecia com receio de falar. Talvez mais tristeza que receio. Índia perdera o bebê. Receberia alta em dois dias, talvez três e logo estariam de volta. Lamentava muito por tudo. Partia-lhe o coração ter de ser ela a dar a triste notícia. Essa notícia terrível. Ela estava com um imenso peso na alma, mas sabia que Índia devia estar ainda pior do que todos. Chorou, enquanto do outro lado da linha pairava um silêncio imenso, pesado, feito o silêncio das águas mais turvas e profundas. Lá onde muita coisa acontece e o mundo, na superfície, não tem notícia. Ele estava com um peso no coração. Coração feito um velho navio encalhado. Parecia que o mundo todo havia desabado sobre ele. Fechou-se no escritório e não atendeu a ninguém mais. Até mesmo Deus se aparecesse ali, pedindo para falar com ele, teria voltado sem a conversa. Padre Rufino apareceu para tentar animá-lo, quem sabe tomar um bom vinho, mas Demétrius não o recebeu. Todos na fazenda ficaram preocupados. Parecia que a qualquer hora poderiam ouvir um tiro vindo do escritório. Ele ficou o outro dia inteiro também lá dentro, fechado, sem comer. Apenas bebeu o resto de uísque que havia ali. Quis beber mais, mas não teve forças para sair e pegar outra garrafa no depósito. Afundou-se na poltrona e ficou ali, feito uma planta murchando. E ali mesmo dormia.

Quando, enfim, Tereza Cavalo e Índia chegaram, todos sussurravam, as mulheres corriam, puxavam cadeiras, traziam coisas, ofereciam comidas. Tem sapoti, graviola, quixaba, tapioca, doces e mais doces, tem isso, e isso, e aquilo, e aquilo outro também. Mas não houve jeito. Nem bem se sentou, Índia logo pediu para ir para o quarto. Demétrius ainda não fora vê-la. Abriu a porta do escritório e deixou o estranho mundo externo entrar ali. Tereza logo foi vê-lo. Não disse nada. Apenas sentou-se com ele e, o tempo que ficou, não abriu a boca. Era um apoio físico, uma presença forte sem palavras. Ele estava arrasado. Ela teve pena. Todo o entusiasmo de antes havia se evaporado feito a seiva que deixara a fruta. Estavam ali apenas as cascas, murchas, secas, sem vida do que fora um homem. Depois de um tempo, ela bateu no ombro dele, levantou-se e foi até o alpendre. Queria ver se havia algo para ser feito. Ficou muitos dias fora. Alguma coisa sempre saía do lugar quando ela se ausentava. Tudo para, menos a vida, o tempo. Ela sabia bem disso. Foi mexer numa planta que desabara, ver a despensa, conversar com as mulheres e os homens para saber das urgências.

Só à noite, ainda titubeante, Demétrius foi até o quarto e tentou conversar com Índia. Sabia que ela era silenciosa e, com tudo o que aconteceu, devia estar ainda mais soturna. Um silêncio impenetrável. Mas era ainda pior que isso. Ele foi tocar nela, tentou iniciar uma conversa e, ela, num gesto brusco, retirou o braço. Ele não entendeu, mas deixou pra lá. Ficou ali, ao lado dela também num silêncio profundo. Esse idioma, Índia entendia muito bem, essa gramática, ela sabia de cor. Passou a dormir em outro quarto, o grande, que ele costumava usar em outros tempos. Mas antes ainda tentou dormir ao lado dela, porém, Índia não conseguiu. Tinha pesadelos, gritava, mexia-se, inquietava-se, rodava pelo quarto, voltava, depois tudo de novo e de novo. Não dava. Ia até o amanhecer nessa balada triste. Tereza Cavalo disse que era normal, logo ela retomaria o velho mundo. Ele foi, enfim, para o outro quarto, mas também não conseguia dormir. Tudo estava fora do lugar. Muitos dias se passaram assim. Índia não saía mais do quarto. Comia muito pouco, ou não comia. Em seu quarto havia um banheiro com tudo o que precisava. Ficou lá dentro, em silêncio, feito um condenado no corredor da morte. Dias e dias assim. Parecia uma flor morrendo.

Demétrius retomou a vida. Os homens dele estavam cheios de urgências. Pendências e mais pendências. Cobravam. Precisava voltar. Então, ele reuniu forças, ergueu-se e foi. Pálido, olheiras feito duas rosas negras, um palheiro no bico, lá estava ele sob o velho alpendre de sempre. Mandou chamar Ciço, Dão, Drigo, Tibúrcio, Bitonho, todos. Precisava disso e daquilo outro. O trabalho era a sua forma de existir, seu jeito de se segurar. Não estava inteiro, é certo, mas conseguiria ir. Havia um peso feito um imenso pássaro pousado em seu coração de bronze, mas resistia. Precisava resistir.

XIII. RODA, PIÃO, RODA, RODA...

Um mês se passou. Dois talvez. Demétrius até já se acostumava a sua nova cama quando Tereza Cavalo veio lhe dizer que Índia havia sumido. Chovia há dois dias. A terra era uma verdadeira pasta vermelha e pegajosa, os carros atolavam, os animais escorregavam, perdiam-se, os homens não conseguiam fazer as tarefas. Havia ainda os trovões, os relâmpagos. Uma árvore imensa tinha despencado lá para as bandas do rio e interditado a estrada. Demétrius apenas disse: "Como sumiu? Deve estar em algum lugar dentro da casa, no galinheiro, debaixo da cama, no telhado, na casa da moenda, sei lá, na puta que pariu, talvez. Como assim, sumiu?". Tereza Cavalo rebateu que, antes de vir tomar o precioso tempo dele, já a havia procurado em todos os lugares possíveis e impossíveis. Ela parecia ter mesmo sumido. Não estava na casa nem nas imediações. Ele pensou um pouco, mais calmo, então, disse que continuasse procurando-a. "Chame algumas mulheres. Não envolva os homens nisso. Eles já têm muito o que fazer. Estão até o pescoço de trabalho. Ela vai aparecer. Tá chovendo muito. Se saiu, não deve estar longe. Vai aparecer logo." Sentou-se, exausto, e acendeu um cigarro. Encostou a cabeça na espreguiçadeira, deu um trago no palheiro e fechou os olhos. Não como quem descansa, mas como quem foge de si mesmo.

O terceiro dia chegou ainda chovendo. Aquele chiado já começava a esfrangalhar os nervos de todos. Era um aguaceiro só. Se a chuva era Deus rindo, como Índia pensava, então este Ser estava às gargalhadas. Ria a rodo de todos nós, das nossas misérias e infortúnios, Demétrius avaliava. Foi até o quarto de Índia e a cama estava intacta. Tereza estava uma pilha. Era preciso ir atrás dela, insistia. Ele não mais duvidou. Não poderia ir de jipe, ia atolar. Seria perda de tempo. Então, ele mesmo preparou o Azulão. Não queria incomodar seus homens. Eles estavam cheios de urgências. Vestiu, então, a sua asa de morcego, pôs um chapéu e tomou a estrada. Por onde começaria a procurá-la? Não tinha a menor ideia. Decidiu começar pela casa dos pais dela. A mãe, muito assustada, disse que para ali ela não fora. Eles se falavam aos gritos. Era a única forma de poderem se ouvir. Os trovões eram como deuses ensandecidos. Daniel, também assustado, perguntou se queria que ele fosse junto, mas Demétrius disse que não carecia. Ela devia estar por perto. Vai aparecer logo, logo. Azulão deu dois espirros. Demétrius retomou a estrada. A chuva aumentara. Ele praticamente não via nada à frente. Um galho veio na sua direção. O vento queria arrancar o chapéu amarrado ao queixo. Seu ponche erguia-se com força como se quisesse alçar voo e levá-lo junto. Nada ainda. Gritou: "Índia, Índia". Mas o grito era abafado pela chuva. Quase não ouvia o próprio grito. Passou horas assim. Para um lado e para o outro. Nada. A chuva amainara um pouco, mas ficara ali, fina, persistente, fria, feito uma penitência. Não se podia mesmo enxergar muito longe. Gritou novamente por ela. Teve a impressão de ter ouvido algo, não tinha certeza. Já não conhecia a sua velha fazenda. A chuva fechava-lhe a vista. Queria parar, ficar sob uma árvore, pensar um pouco no que poderia fazer, mas não era aconselhável, muitos relâmpagos. Já era um risco, ele ali, a cavalo, caminhando como se estivesse num dia azul de sol. A terra poderia ceder, algo desabar, o rio estava cheio e em breve tomaria tudo. Árvores caíam, coisas voavam, um caos. Ele subestimou o tempo. Achou que seria mais fácil. Precisava dos seus homens. Sozinho não chegaria a lugar nenhum.

No final da tarde, já escurecendo, esbarrou o rosto em algo. Foi como se alguém tivesse lhe dado um chute bem na cara. Segurou o chapéu e olhou para cima. Não enxergou muito bem. Algo como um imenso cagalhão oscilava sobre sua cabeça. Então, ergueu a mão e tocou naquilo. Agora, podia saber do que se tratava. Ora, eram pés. Examinou-os melhor. Estavam frios. Apeou-se, amarrou o Azulão, depois subiu na árvore. Estava escorregadia feito a pele de uma serpente que mergulhara no óleo. Teve muita dificuldade. Por diversas vezes, quase que caiu. Por fim, examinou o corpo. Em seguida cortou a corda. Aquilo despencou num baque seco. Demétrius desceu, jogou-o na garupa do cavalo e foi para casa. A chuva fina persistia. "Que praga!", esbravejou. Escurecera completamente, não estava mesmo fácil achar o caminho de volta. Deixou o cavalo levá-lo. Quem sabe? Pensou. Foi. Azulão fazia menção de voltar, de ir, parava, seguia de novo. Estava tão perdido quanto ele, mas ia. Então, logo viu a casa-grande, iluminada, longe, feito um velho navio ancorado em meio ao nevoeiro. Quando já estava bem próximo, ouviu vozes, várias, então, viu Tereza Cavalo. Esta, quando o percebeu com um corpo na garupa do cavalo, deu um grito e pôs a mão na boca, depois correu para Demétrius. "Não, não pode ser, não, não, Deus do Céu!". Dizia Tereza, desesperada. Então, ele berrou, "calma. Não é Índia. É um dos filhos de um trabalhador, um adolescente, sei quem é. Deve ter se suicidado. Ainda está mole. Não deve fazer muito tempo. Não achei Índia. Amanhã cedo, irei novamente. Levarei alguns homens". Tereza Cavalo, quando viu que não era Índia, ficou menos aflita. Parecia até aliviada, ali, diante daquele corpo. Enquanto alisava o rapazinho morto, ria e pedia perdão. "Não, não era Índia, que bom." Então, ria de novo para logo depois, pedir perdão.

No dia seguinte, Demétrius chamou um investigador e pediu que assumisse o caso. Também falou com o pai do morto, que já se encontrava na fazenda. Disse-lhes que resolvessem por ali, entre eles, pois precisava resolver algo urgente. No que precisassem, podiam contar com ele depois. Todos entenderam. Sabiam do que se tratava.

Logo Demétrius reuniu alguns homens e foram procurar Índia. Agora estava com seus melhores camaradas. Sozinho não daria mesmo conta. Seria outra loucura. Ele não estava muito certo de encontrá-la. Quem sabe foi levada pela correnteza e se afogou? Talvez, muito em breve, a achariam boiando no rio. Já não tinha certeza de que ela estaria viva. Já teria aparecido. Mas até agora nada, nada. Foram. Já iam muitas horas de busca. "Onde diacho se meteu essa mulher? Minha Nossa Senhora!", perguntava-se Demétrius. Zanzaram para todos os lados. Perderam-se, acharam-se. Continuaram procurando. A chuva fina persistia. Depois caiu outro temporal e voltou a chuva fina, irritante. O riso desvairado de Deus. Nada fazia pará-la. A lama estava lisa, perigosa. Escurecia. Acenderam as lanternas.

Foi quando Demétrius lembrou-se de que havia uma casinha em ruínas naquelas imediações. Era um pedaço da fazenda aonde quase ninguém ia. Diziam que era um verdadeiro ninho de cascavéis. Não tinha medo de cobras. Não custava nada checar ali. Não quis chamar os homens. Estavam mergulhados na mata, ensopados, exaustos. Foi sozinho. Azulão, feito um velhote, pisando com cuidado para não cair e Demétrius tirando os galhos da cara, dos olhos. O chapéu chorando sobre a cabeça. Foi quando viu a casinha. Apontou a lanterna. Seguiu em frente. Quando se aproximava, viu um vulto na janela. Logo depois, o vulto sumiu. Então, teve a impressão de que via coisas. Falavam que para ali iam aqueles que morriam e não aceitavam a morte. "O povo fala demais", espanou os maus pensamentos e seguiu. Os seus homens estavam do outro lado, longe, mas ele podia ouvir as vozes, chegando e indo novamente. Pensou em chamá-los, mas deixou pra lá. Seguiu para a casinha. A mão na arma. Diziam também que, na época do pai dele, um louco que fugira do asilo permaneceu ali um tempo. Contavam que ele se alimentava de fígado de crianças e tirava a gordura para fazer pão. As pessoas falam demais. Pensava ainda. Com uma mão na arma, a outra com a lanterna, aproximou-se da casinha e logo viu novamente um vulto. Sim, era um vulto de gente, não de morto. E lá estava ela. Era mesmo Índia na janela. Havia se escondido quando viu Demétrius. Não podia acreditar. Ela ficou lá parada. Olhava-o com o mesmo olhar de quando ele a conheceu. O olhar de fogo. Ele apeou-se e foi até ela e, ainda cismado, porque Índia não queria que ele a tocasse, apenas pediu que voltasse para casa. Estavam todos preocupados. Ela não respondeu de pronto. Então, ele pediu novamente, já sem jeito. Reforçou que a arara estava aflita, e Tereza estava muito nervosa. Enfim, todos na casa estavam sentindo muito a falta dela. Índia ainda permaneceu estática, em seu silêncio de árvore. Braços cruzados e os olhos de fogo sobre ele. Faiscavam. No momento, só se ouvia o barulho da chuva eterna. Por fim, passou por ele e montou na garupa do Azulão. Demétrius montou logo em seguida e se foram, os dois. Ele, então, lembrou-se de quando a conheceu. Vinha assim, com as mãos na cintura dele. Ela também se lembrava disso. Não havia como não recordar esse momento. Ela descansou a cabeça nas costas dele e o apertou ainda mais. Demétrius sentiu quando ela começou a estremecer, bem ali, colada a ele, e procurou, sem sucesso, conter uma respiração aquática, doída, fungada. Uma coisa machucada que vinha com força lá de dentro da alma dela e explodia no mundo. Era a sua luta interna contra uma dor que, na verdade, arrastaria por toda a vida. Uma dor maior do que ela, maior que tudo, e que transbordaria vez ou outra, quando menos a esperasse. A chuva aumentou e misturou suas águas às lágrimas de Índia.

Já em casa, aos cuidados de Tereza, Índia foi para o quarto, para a sua cama. Lá, ficaram um pouco com ela Demétrius e Tereza Cavalo. Esta, depois de dizer que a chamassem, caso precisassem, foi se recolher. Estava exausta, porém feliz. Quando Demétrius já ia saindo, Índia, então, segurou na mão dele e lhe pediu que ficasse. Incrédulo, olhou-a, estático, olhos marejados. Então, ficou. Lembraram-se da vida de que gostavam muito, mas que, por um tempo, haviam esquecido. Dormiram profundamente.

O pião roda, mas cai de novo, mas volta a rodar, e cai... e... a vida é como um pião. Roda, cai, roda cai... e nisso vamos. A impermanência tirando as coisas de seus lugares, e, de alguma forma, colocando-as novamente. Até quando? Até quando? Até quando? Roda, pião, roda... roda... roda, pião.

XIV. AS MÃOS IMPIEDOSAS DE UM ASSASSINO

Ah, se conseguíssemos espreitar o infortúnio antes de ele nos surpreender. Quem dera, um pouco antes, pudéssemos ouvir o estalar das suas juntas, o ranger dos seus ossos quando se agacha na intenção de saltar sobre nós. Se assim o fosse, pularíamos para o lado e fugiríamos ilesos, como assim faz a mariposa que voa antes do golpe fatal da língua do sapo. Mas como saber? Como saber? Dentro de um vazio pode haver outro ainda maior. Não conhecemos a nossa fraqueza, nem a nossa força. Sei lá, viu? A vida pode ser bonita, mas ela não é nada educada. É uma filha malcriada, geniosa, astuta. O que faz uma pessoa receber duas, três e até quatro postas de dor? Não sei. Se eu mereci? Não sei também. O que posso dizer é que meu coração era apenas um pássaro que queria voar e voar. Demorou pra sair da gaiola. Portanto, queria bater asas e misturar-se aos outros, ao vento, ao azul.

A solidão é uma coisa imensa. É como cair no fundo de nós mesmos. E somos tão fundos, tão fundos, não? E há lugares tão escuros. É como a solidão de uma estrela fora de uma constelação, sozinha, vagando no espaço imenso. Somos maiores do que o espaço imenso. E, quando viramos do avesso e vislumbramos esse vazio, ah!, nenhuma palavra serve para descrevê-lo. É como tentar falar uma língua ainda por ser inventada.

Voltei a sentir aquele cheiro de perfume vencido, suor e fumo. Cheiro que me estonteava. Que me tirava o chão. E eu voava. E ele estava feliz novamente. Passarinho revestido de leão, que quer rosnar, mas no fundo pia. Acha que estronda a casa com sua voz de trovão, quando na verdade é apenas um som de uma revoada. Mas ele estava feliz, ali no ninho novamente. O ninho que tinha a sua forma, o seu jeito, o seu cheiro. O ninho onde ele dormia como se o mundo não existisse. Olhava-o roncando baixinho como se, mesmo dormindo, não quisesse me incomodar. Estava envolto no sono como uma criança sob um cobertor quentinho. Porém, só precisava que alguém batesse na porta para que ele se levantasse rapidamente e ficasse pronto para defender o seu castelo, os seus, a sua fêmea. Dormia feliz. Eu ainda tentava me achar. Não na casa. A casa era um grande-pequeno mundo. Eu a conhecia bem. Tentava me achar dentro de mim. Além da imensidão em nós, com o tempo, há lugares que passamos a evitar pisar porque desperta aquilo que queremos esquecer. Aquilo que nunca esquecemos. Apenas ficará dentro, bem dentro, feito uma semente ruim prestes a brotar novamente e abrir suas flores turvas e feias.

Parece besteira, Demétrius me diria isso: "É besteira. Sonhos são apenas sonhos, a vida é a vida. Uma coisa não tem nada a ver com a outra". Sim, ele diria isso. Mas sonhei com meu pai. Ele andava pela mata, sozinho. Chovia. Eu o vi de longe e perguntei: "Pai, o que tá fazendo a essa hora na mata, meu Deus?". Ele só baixou a cabeça e não disse nada, nada. Como fazer alguém falar dentro de um sonho? E por que só pensamos nisso quando estamos despertos? Ele ia triste, escondendo o rosto, curvado, perdido como se carregasse todas as dores do mundo. Em seguida, sumiu na mata. Já um pouco mais desperta, perguntei a mim mesma: ora, e o que eu também estava fazendo na mata àquela hora? E como havia chegado ali?

Da janela, as cortinas esvoaçantes eram como asas de um anjo acariciando a lua que, ali, grande e gorda, era como um imenso olho arregalado no rosto de um guerreiro preto em pé de guerra. Noite quente estremecendo tudo: as folhas, os galhos, as sementes, os répteis. Os pássaros estavam agitados. Podia-se ouvir o espanar das asas de algum deles, inquieto em seu ninho, como eu, inquieta sobre a cama ao lado de meu homem, dormindo e me protegendo até dos meus sonhos e pesadelos.

As calmarias e as tempestades... Sobre as últimas, creio ser um recurso do Criador para que o telespectador não durma ou boceje durante o grande filme da sua vida. Quando achávamos que não conseguiríamos respirar, abria-se uma imensa porta e o ar vinha com tudo inflando nossos pulmões de noites. Noites grandes e quentes dentro do peito arfando em busca de vida. Mas, quando achávamos que podíamos respirar todo o ar do mundo, então, as portas se fechavam, tudo escurecia, e a asfixia voltava feito as mãos impiedosas de um assassino. E lá estava meu pai. Escorado na porta da velha casa, uma perna descansando na outra. Fazia um cigarro, mas nunca, nunca terminava de fazê-lo. Então, escureceu.

[Dona Sula, vamos comer um pouco? Está uma delícia...]

XV. EU VOU IMPEDIR

Quando Daniel chegou a casa logo viu as sacas, um porco e algumas galinhas. Estavam no jipe de Demétrius. Eram os mantimentos que o patrão enviava regularmente para a família de Índia. Daniel sabia, só não entendeu por que já não estavam dentro de casa. Por que ainda ali fora? Será que estavam esperando-o chegar? Daniel sempre foi muito grato por isso, mas pagava em dobro. Trabalhava duro sem nunca faltar. Queria de qualquer forma retribuir as ofertas do patrão. Porque, além desses mantimentos, Demétrius pagava os estudos de todas as crianças, de Índia, inclusive, que continuava a estudar, mesmo depois de ter se casado. Dava ainda roupas, brinquedos, tudo, e vez em quando os convidava para uma festa, um churrasco ou uma confraternização pequena, só entre eles. Nessas situações, o patrão lhes enviava roupas boas, porque às vezes, em certos eventos, havia um político, ou até um artista conhecido.

Quando adentrou a cozinha logo viu Caveira e Cascavel. Eram dois homens de Demétrius. Não eram os mais próximos, nem os mais confiáveis, eram, sim, os mais toscos e broncos e burros e mais violentos. Precisavam sempre estar nos cabrestos para não sair por aí fazendo merda. Demétrius já tinha demitido o Cascavel, mas este havia pedido pra voltar, tinha filhos. Demétrius aceitou-o de volta, mas antes avisou que ia relevar dessa vez por causa da esposa e dos filhos dele, mas, se saísse da linha de novo, iria pra rua e não teria mais volta. Que pensasse bem. E outra, que não bebesse, porque quando fazia isso, tornava-se outro. Queria matar até a Virgem

Maria. Ele vivia que nem um condenado em condicional, podia-se dizer. Caveira e Cascavel lutavam contra um mal ali dentro deles. Daniel conhecia as feras. O Cascavel era um lago turvo. Como aqueles de superfícies calmas, mas repletos de sumidouros. Devia-se ficar com o pé ainda mais atrás com ele. Fazia tudo o que o patrão mandava, era obediente, mas tinha lá as suas dores particulares. E que não mexessem com elas. Daniel já tinha se indisposto com ele. Foi uma discussão boba, mas que logo se tornou algo maior, como uma ferida que vai crescendo, crescendo até tomar todo o corpo. Ele ouvia, várias vezes, por intermédio dos companheiros, que tomasse cuidado, pois o Cascavel dizia que estava louco pra, numa hora dessas, pegá-lo numa vereda qualquer. Daniel nem lembrava mais qual fora o motivo da discussão. Mais ou menos como alguém que sai para comprar algo e o esquece no caminho. Até chegou a rir da coisa. Mas com o Cascavel era de outra forma. Vivia remoendo o caso, arranjando motivo para voltar à rixa, olhando-o enviesado, os olhos sempre cheios de ira e desconfiança. Vai entender.

"Entra aí, Daniel, puxa uma cadeira, abanque-se, sua mulher fez um mugunzá que tá ó!", Caveira disse, pegando no lóbulo da orelha macilenta.

A mulher foi ligeira fazer um prato para o marido. Daniel desvencilhou-se de umas sacolas que trazia, lavou as mãos e sentou-se à mesa. Antes de comer, juntou as duas mãos e mexeu os lábios em sussurros incompreensíveis. Nisso, o Caveira deu uma cotovelada no Cascavel e disse:

"Camarada, somos mal-educados, hein? Nem lavamos as mãos e nem rezamos", riu desdentado e continuou comendo com vontade. Em seguida, limpou o prato num ruído proposital, terminou, limpou a boca com a manga da camisa e acendeu um cigarrinho. Deu uma tragada forte, uma baforada, tirou um fuminho preso nos lábios, olhou para o Daniel e disse: "Dani, você tá insatisfeito com os mantimentos que Demétrius te envia? Acha pouco? Alguma vez já pensou em pedir mais?".

Daniel apenas respondeu que estava satisfeito, que achava justo e que nunca, em momento algum, pensou em pedir mais. Não tinha do que reclamar do patrão. Pelo contrário. Estava pensando em falar com ele para saber o que mais poderia fazer pela fazenda.

Caveira ouviu aquilo com todos os seus ouvidos e mais alguns. E disse: "Nossa, Dani, camarada, você precisa me ensinar a ser assim. Precisa me emprestar essas cartilhas. Certo. E me diz mais uma coisa, tá sabendo que estão desaparecendo muitos animais aqui na fazenda? Sabe, temos as cascavéis, as jiboias, temos os rios, temos os invasores que vêm roubar pequenos animais para festinhas particulares, temos os cachorros, as raposas, os gatos selvagens e outros bichos, sim, sei que sabe, mas é animal demais desaparecendo. Nada disso do que falei dá conta de tantos. Sabemos a média das perdas normais. Aquilo que acontece e não tem jeito. Faz parte. É animal demais sumindo, entende? Patrão fez as contas: 8 borregos, 4 bezerros, 10 perus, 30 galinhas, 10 galos, 6 patos, 9 porcos, 6 galinhas d'angola. Se ficasse nisso, já seria um pesadelo e tanto, mas a verdade é que desapareceu uma vaca, um cavalo, e o Palácio, você sabe, o touro que o patrão deu pra Índia. Rapaz, o que nós podemos chamar aquilo que já se chama pesadelo, hein? Pior do que um pesadelo só dois, né?".

"O patrão sabe que você está a par de todos esses números? Penso que não é o seu trabalho. Seu ofício é o campo, o gado, não os livros internos do patrão. Pelo que sei, quem faz a contagem é o Drigo e o Ciço", rebateu Daniel.

Caveira pigarreou e logo emendou: "Não, não sei se foi isso, estou aqui supondo, tudo pelas minhas contas. Como você mesmo disse, meu ofício é o campo, o gado, lido com eles. Sou também um matador de porco, você sabe. Apenas fiz as contas cá comigo".

"Hum. Entendi. Então, eu sei que estão sumindo animais. Só não sei quantos. Na verdade, todo mundo sabe que eles estão desaparecendo, ora. É só do que falam. Drigo já perguntou sobre esses sumiços a meio mundo por aqui, não sei se sabem. Bom, se vocês forem à quitanda ou ao bar do Manin e perguntarem sobre isso, todo mundo vai se tornar suspeito. Tenho certeza de que todos eles, sem exceção, vão dizer que têm conhecimento que os animais estão desaparecendo, mas, se perguntarem quantos, aí já não sei. Drigo nunca especificou. Só disse que estavam sumindo. O estranho, Caveira, é que você sabe direitinho", expôs Daniel.

"Verdade. Mas por algum motivo estamos aqui e não no bar, né? Mistérios da vida. Se estivessem falando pra gente ir para o bar, ora, já estaríamos lá, né, não? Mas já disse, estamos aqui. E por que será, hein?", ironizou Caveira.

Cascavel já tinha comido dois pratos de mugunzá. Tudo em completo silêncio como se apenas ele estivesse naquela casa. Habitava um mundo muito particular. Parecia um ator de teatro esperando a deixa. No momento, o ator principal era o Caveira. Apesar de Cascavel achar que ele estava enrolando muito. Não havia tanta linha assim no carretel. O peixe não era lá tão grande. Mas deixou ir; assim, dava tempo de ele fazer a digestão.

"Você está querendo dizer que Demétrius mandou me sondar, me vigiar pra saber se estou roubando ele? É isso?", perguntou Daniel.

"Isso quem tá dizendo é você, Dani. Por quê? Acha que tem motivo?", retrucou Caveira.

Antes que Daniel contra-argumentasse — ficou com a boca aberta a meio-pau —, Cascavel deu um murro na mesa, fazendo rolar talheres, pratos e copos para todos os lados. Até Caveira se assustou: "Tá pensando que o dia tem duzentas e quarenta horas e não vinte e quatro? Até onde pensa que vai ficar enrolando o Caveira? Porque a mim você não enrola, vaqueirinho de merda. O Caveira tá pegando leve com você, tá fazendo cigarrinho de seda, tá enrolando e sendo enrolado, mas eu não penso em fazer o mesmo. Viemos aqui para arrancar a confissão e vamos arrancá-la, porque eu não costumo sair de mãos abanando. Diz logo para onde está levando as porra desses animais. Fala logo que tá insatisfeito com o que tem e que quer fazer um dinheirinho extra. Diz que se endividou e que precisa pagar essa dívida de merda. Tem muito animal sumindo. Se deixar, mais seis meses e a fazenda não terá mais um animal sequer. Se deixar, até a gente vai começar a desaparecer. Mas, se não confessar logo, é você que vai desaparecer antes que desapareça mais qualquer outro animal aqui", disparou, enfim, Cascavel.

Nesse momento, a mulher, que até então só ouvia, foi até o marido e ficou ao lado com a mão em um dos ombros dele. Calmamente, disse: "Olha, amanhã nós vamos à casa-grande e falamos pessoalmente com Demétrius. Não precisamos disso aqui. Até então, pensei que fosse uma visita comum, mas tá virando um interrogatório. Somos da família, sabia? Demétrius nunca duvidou da gente. Por que faria isso agora? De onde saiu essa história?".

Cascavel deu outro murro na mesa, levantou-se empertigado e gritou: "Não te mete em assunto de homem, mulher, vai pra cozinha, vai".

Daniel pôs a mão em cima da mão da esposa, para acalmá-la, e disse a Cascavel: "Não estou roubando nada de ninguém. Sou pobre, não ladrão. Sei muito bem o que é meu e o que é do outro".

"Então, quem está? Porque os animais não desaparecem sozinhos, sabia?", falou Cascavel.

"Não sei. Demétrius que descubra. Tem meios para isso", se adiantou Daniel.

"E não é o que ele está fazendo, Dani?", Caveira completou.

"Pois que continue. E por que ele mesmo não veio falar comigo? Tem liberdade pra isso, ele sabe. Sou pai da mulher dele, ora. Apesar de mais novo, sou sogro dele. Essa história está muito estranha. E por que Demétrius enviou os mantimentos que envia todo mês se desconfia de mim? Tem coisa muito errada aqui. Cascavel, você não gosta de mim e eu não gosto de você, ponto. Agora vir a minha casa me insultar, insultar a minha família, já é outra história. Se você quiser continuar com essa birra besta, vai continuar sozinho, tenho mais o que fazer. E outra, nada que uma conversa decente, veja, decente, não resolva", rebateu Daniel.

"O patrão tem coisa mais importante pra fazer. Não tem tempo a perder conversando com ladrãozinho de merda", provocou Cascavel, os olhos vermelhos de ira.

"Agora chega, CHEGA. Vocês dois vêm a MINHA casa, sentam-se à MINHA mesa, comem da MINHA comida, servida pela MINHA mulher e ainda querem falar alto como se vocês dois fossem os donos e não eu? Não peço, ORDENO que saiam da minha casa agora, os dois. Esta é a MINHA casa, a MINHA família. Aqui, eu falo alto. Se Demétrius está desconfiado de mim, pois que me demita. Vou para outras paragens. Já fiz isso antes, posso fazer de novo, ora. Ainda trago, sob os pés, as estradas que tanto percorri sob o sol inclemente dos dias, o frio da noite, a fome, a solidão e principalmente a incerteza de poder proteger os meus. Dois braços apenas não são suficientes para abraçar uma família. É preciso mais, muito mais: teto, alimento, água, companhia... Mas se for preciso sairemos por aí. Faço qualquer coisa por eles. Que caiam meus pelos, minha pele, meus olhos, orelhas e unhas. Que caia a minha alma por trabalhar tanto, duro e HONESTO, não importa. Mas será isso que farei até morrer para que minha família permaneça de pé. Saiam da minha casa agora e levem o recado a Demétrius. Digam-lhe que não lhe roubei nada, nunca, e que, se ele quiser, ele mesmo venha conversar comigo, olho no olho, cara a cara e não mande seus capangas de merda", despejou Daniel.

(Quando os argumentos falham, a violência entra. É o que dizem.)

Cascavel tinha cruzado os dois braços sobre a mesa, neles, apoiava o corpo e com as sobrancelhas erguidas, olhava Daniel. Seu rosto foi ficando cada vez mais vermelho. A impressão que dava era que uma hora ficaria tão vermelho que o sangue explodiria pelos poros. Era visível. A vontade de Cascavel, e isso estava claro, era de matar aquele homem ali mesmo. Daniel pôde ver um tique nervoso naquele rosto irascível: de tempos em tempos, o olho esquerdo dava uns puxões, como se quisesse fugir da cara. Aquilo não era um bom sinal. O Caveira viu que a coisa ia desandar de vez, então, sugeriu ao comparsa que se retirassem. O recado já tinha sido dado de ambas as partes. Estava feito. Vamos embora, companheiro. Mas Cascavel parecia preso à cadeira. Era como falar com um morto, uma estátua, uma árvore. Continuava na mesma posição e ainda olhando Daniel. A cara que nem uma pimenta malagueta. Todo aquele sangue naquela cabeça poderia mesmo espichar a qualquer momento. Caveira ainda insistiu: "Vamos, homem, tá na hora. Deixa pra lá. Vamos!".

Daniel, mudo, ainda à mesa, um braço sobre ela, os dedos brincando com uma colher, o outro braço largado, como que morto, olhava o outro que o encarava. A mulher em pé, os braços cruzados sobre uma barriga pequena de resguardos, olhos sisudos, apreensivos, olhava-o. A menina deitada na rede, apenas a cabeça para fora, olhava-o. O menino, coçando o nariz remelento, olhava-o. Silêncio.

"E se eu não quiser sair, quem vai me impedir?", finalmente falou Cascavel.

"Homem, esqueça isso, esqueça essa intriga. E o homem não roubou mesmo nada, entende? Vamos embora de uma vez", aconselhou Caveira.

"Eu vou impedir", rebateu Daniel, já se levantando.

Num piscar de olhos, os dois homens estavam engalfinhados. Iam de uma parede à outra ziguezagueando, como um casal numa dança bizarra, como se um quisesse assumir o lugar do outro no espaço-tempo. Daniel no chão, agora, pela queda horrível que lhe deu o outro, que levava vantagem desde o começo da briga. E como não? Nisso Cascavel era duro na queda, todos sabiam. Onde Daniel foi se meter, hein? Com seus punhos de amansar burro, de derrubar touro brabo, Cascavel sovava Daniel sem piedade. Cada pancada era um estalo de morte. A menina e o menino saltavam pela casa. Era o jeito deles chorarem. A mulher se descabelava como se com isso pudesse arrancar o marido debaixo daquele bronco. Daquele Sansão de esporas e cheirando a cê-cê. Ela berrava, arrancava os cabelos. O que mais poderia fazer? O Caveira tentava, a todo custo, apartar a briga, mas não estava fácil. Cascavel não tinha mais ouvidos, juízo, nada. Só tinha a sede de matar aquele homem ali mesmo. E era o que estava fazendo. Quando o Caveira viu que era essa a intenção do comparsa, matar aquele homem, sem pensar mais em nada, reuniu todas as forças, agarrou-o firme e puxou-o de cima do outro como quem arranca uma grande raiz fincada no solo. Cascavel olhava o companheiro como um lobo mirando o predador que acabara de lhe roubar a presa. Daniel estava caído, gemendo, sangrando. Cascavel levantou-se e, quando tentava puxar o resto de camisa em cima dos arranhões do corpo que mais pareciam grandes linhas vermelhas e azuis de um mapa, sentiu o peso das mãos do rival. Com uma mão,

Daniel tentava imobilizar um dos braços do inimigo e com a outra já preparava um soco. Não houve tempo de Cascavel esquivar-se, porém o soco não fizera lá muito efeito. Cascavel permaneceu firme. Quando Daniel já preparava outro golpe, dessa vez, ainda mais forte, foi rapidamente, enlaçado pelo inimigo. Agora, Cascavel o prendia contra si como quem se agarra a vida ou a morte. Daqui você não sai mais. Era o que ele parecia dizer. Com a mão esquerda, segurando firmemente, Daniel, Cascavel logo deslizou a outra mão feito uma serpente escura pelo seu corpo suado, mergulhou-a no bolso fundo da sua calça, que já descia pelos glúteos, e de lá veio com um punhal imenso. Com este já havia tirado a vida de um punhado de homens. Era o que costumava, orgulhosamente, dizer. Então, com a mão esquerda ainda trazendo com força Daniel para si, meteu-lhe sem pressa e sem pena todo o punhal no pescoço do rival. Deixou ali dentro. — como era recomendado fazer. Em seguida, puxou-o e o enterrou novamente, ainda no pescoço. Esperou mais um pouco e retirou-o de vez. Daniel, de olhos já revirados, turvos, como se com a alma já fugindo do corpo, foi caindo, caindo até ficar de joelhos. Ficou um pouco assim feito um bêbado rezando num genuflexório. Por fim, vomitou o mugunzá que acabara de comer e caiu para o lado, abandonado de vez por sua alma. Soou então o grito horrível da mulher. Um grito tão desesperado que se pôde ouvir uma revoada de pássaros, um farfalhar de folhas. Um grito que deve ter acordado os moradores das fazendas mais distantes. E que talvez tão cedo não pare de ecoar. Cascavel, com uma cara difícil de se definir — ódio? Ironia? Indiferença? —, limpou o sangue do punhal na camisa do morto e cuspiu na cara dele.

Na vida, nem sempre podemos nos sentar no banco do condutor. Às vezes, mesmo sem querer, temos de passar para o banco do passageiro. E aí é a vida quem determina o nosso itinerário. Tudo estava perdido. Agora tinham de limpar a sujeira. Quem tem cu tem medo. Aqueles homens eram broncos, toscos, mas, como outros tantos homens, tinham esposas, filhos, família. E, naquele momento, foi nisso que pensaram. Ligeiro, Caveira arrancou da cintura a faca amolada de matar porco, correu para a mulher e lhe cortou a garganta em dois tempos. Correu para menina e fez o mesmo. Tudo numa rapidez e precisão mecânicas. Caveira era conhecido como um exímio matador de porco. Matar gente era outra história, é certo, mas ele tinha, com o seu ofício diário, metade da lição para, assim, passar a um nível mais avançado. Meio zonzo, tentando equilibrar-se na gosma vermelha e densa, esbaforido, parou, olhou em volta e para si mesmo, disse:

“Ué! Não havia mais um?”.

“Havia não, há. Um menino, o menor, deve tá por aí. Procura ele”, disse Cascavel.

“Não tá. Deve ter fugido. É muito pequeno, vai morrer de picada de cobra, um bicho pega ele, vai cair no rio. Ou mesmo depois a gente acha ele”, emendou Caveira.

“Não, acha esse merda, criança cresce. O fedelho viu tudo. Se ficar alguma testemunha, ninguém dorme mais. Matamos ele e tocamos fogo em tudo. Não fica nenhuma prova, nada. Logo esquecem esses merdas. Acha ele”, rebateu Cascavel.

Foram os dois pela mata. Estava ficando escuro. Foram prum lado, pro outro. Ora chamavam o menino, ora ameaçavam. Mas, no fim, nada.

“Um menino de sete anos não pode enganar dois homens escaldados. Isso é o fim”, manifestou-se Caveira.

“Vamos voltar, tocar fogo na casa. Ele vai aparecer. Amanhã saímos os dois e vamos achar essa peste. Não pode ir muito longe.

Lido com gente perigosa, você sabe. Esse moleque não é nem aperitivo. Amanhã a gente acha ele", reforçou Caveira.

Cascavel ainda relutou. Era macaco velho. Conhecia bem os galhos da vida. Mas acabou aceitando. Sim, amanhã cedo achariam o fedelho. Voltaram e tocaram fogo na casa com todos os corpos lá dentro. Para garantir, esperaram a casa arder até o fogo abrandar feito um coração que para de bater. Depois, pela mata, sumiram sorrateiros.

XVI. SARCASMO E OSSOS SECOS

Os roubos continuavam. Drigo estava arrancando os cabelos. Apesar do patrão encontrar-se envolvido em grandes tragédias particulares, ainda o pressionava para que resolvesse logo essa coisa do sumiço dos animais. "A fazenda era geniosa. Independentemente de qualquer coisa, tinha lá seus próprios anseios", dizia Demétrius. O ladrão não parecia nada sensibilizado com o que estava acontecendo a Índia nem a ninguém. Como Demétrius estava mesmo muito abalado com tudo, como uma forma de descarga emocional — era o que parecia —, vinha ainda mais fulo da vida para cima de Drigo: "Camarada, que merda é essa? Olha pra mim, aqui, no meu olho. Tá me vendo e me ouvindo bem? Como não consegue pegar esse larápio? Vai deixá-lo me roubar a fazenda inteira? O que tá esperando? O que tá fazendo? Pago você pra quê? Pra ficar tomando cachaça e fumando cigarrinhos o dia todo, é isso? Tá pensando o quê? Você, camarada, só tem mais uma semana, do contrário, vá procurar outro patrão pra ludibriar, tá me entendendo? Portanto, por ora, junte os homens, quantos forem necessários, e me achem esse merda de uma vez. Só mais uma semana, compreende? Daí em diante, vou deixar isso com alguém que realmente saiba fazer o serviço e valorize o salário que pago. Só mais uma semana, tá me entendendo?", encerrou.

Drigo se lamentava, coçava a cabeça como um louco varrido. Não sabia mais o que fazer. Até já pensava mesmo em procurar outro patrão e lhe pedir um emprego. Gostava de Demétrius, que já o havia ajudado muito, devia muito a ele, mas estava difícil. Era muita pressão. Lamentava-se, enquanto bicava uma cachaça, comia um torresmo e pitava um cigarrinho. Os companheiros olhavam-no num misto de pena e comicidade. Até que um dos homens propôs fazerem uma emboscada. "Ora, ele não virá de bom grado para os nossos braços, certo? Vamos pegar o larápio com a mão na cabaça, entende?" Quem propôs isso foi Tibúrcio. Este, quando, enfim, falava, sempre encerrava as sentenças com uma pergunta. Parecia nunca afirmar nada, como quem não quer, de jeito maneira, envolver-se em algo, apesar de que estava sempre envolvido em alguma coisa complicada. Drigo topou de cara. Dividiu uma leva de trinta homens em cinco grupos e os distribuiu em pontos estratégicos. A coisa não era tão difícil, bastava se concentrar onde os roubos vinham ocorrendo. Um ou outro animal havia sido roubado de outros lugares, mas a maioria fora furtada nas imediações do rio.

Os homens ficaram dias e noites de olho. Drigo estava seco pra pegar o ladrãozinho. Sempre que falava nele, seu bruxismo disparava e faltava pouco quebrar os últimos dentes na boca. "Vou arrebentar a cara e os culhões desse safado. Ele vai ver. Por causa desse merdinha, o patrão me passou o maior sarrafo. Deixa comigo. O patrão é bom, mas vez em quando, pega pesado, sabe?", disse numa voz biliosa, num tom cansado de tantos anos de obediência. A sua liberdade presa no corpo feito um prego até a cabeça na madeira dura. Às vezes, pensava muito em ir embora. Ou até mesmo desandar a vida. Manter-se bem longe de todos aqueles que o humilhavam. Que merda! Passamos a vida toda obedecendo pra, no fim, morrer pobre e ainda precisar de quatro imbecis pra carregar o nosso caixão miserável. Pois que o deixassem apodrecer no meio da rua. Que o jogassem no rio. Pois que deixassem que as formigas, os cupins, os vermes o comessem. E que se lascasse tudo, ora. Drigo se perdia em sua selva interna de angústias e impropérios. Era a sua liberdade alquebrada querendo ainda pôr-se em marcha. Mas ele também sabia das suas impossibilidades. Sabia que não se alcança o céu apenas levantando a mão.

Uns dormiam, enquanto um outro ficava olhando, observando, atento a todo e a qualquer movimento no mato. Estavam tão tensos, tão focados no objetivo que quando um dos homens ali dormindo afrouxava os esfíncteres e peidava alto, a sentinela dava um pulo de susto. Depois, entre risos e resmungos, voltava à atenção para o que realmente interessava. E iam assim, nessa passada, até que chegou o dia tão sonhado por Drigo. Viram um rapazote. Ora, era o filho do Felício, um dos trabalhadores de Demétrius. "Quando o patrão souber disso, vai matar os dois sem pena", comentou um dos homens. Um já queria correr e pegar o rapaz, mas Drigo o impediu, dizendo que precisavam de prova. "Deixa ele pegar o animal, homem. Vamos olhar daqui. Parece que ele tá atrás daquele bezerro ali. Olha como mira o bichinho, danado. Deixa ele pegar o animal, deixa, aí a gente vai lá e amarra ele. Fedelho de merda. O pai num deve saber disso não. O Felício é um homem pacato, honesto, um homem bom. Esse filho dele, esse Neco de merda, tá é metido em algum rolo, jogo, vício, essas coisas. Nunca prestou, por que iria prestar agora? Passa o dia todo só chutando lata. Neco lata de bosta. Olha lá, olha lá, tá pegando o animal, derrubou o bicho, mira, vai amarrar. Deixa, deixa. Espera mais um pouco, só um pouquinho. Urubu gosta mesmo é de comida fria. Espera. Pronto. Agora vamos. Ei, ei, fica aí, paradinho, não, não se mexe, parado, Neco de merda." O meninote, com uma corda na mão, na metade de um nó, voltou-se apalermado. Parecia se perguntar de onde aqueles homens tinham saído. Já largava o animal, mas os cabras de Demétrius estavam em seu encalço, seguravam na camisa, na calça, no pescoço dele. Neco não negou nada. Olhava todos com o seu típico sorriso sarcástico. Dizia que os homens de Demétrius era tudo cavalo, mula, jumento, pau mandado dos diabos. Drigo lhe deu um tremendo soco. Neco apagou. Depois Drigo levantou-o e deu vários tapas na cara dele:

"Acorda, seu merda, vai. A coisa só está começando", dizia em meio à ira.

Neco acordou meio zonzo e quando viu já estava sendo arrastado para o mato. Ia ser morto ali, pensou. Mordeu a mão de Bitonho e levou outro soco. Bitonho, num gesto preciso, puxou uma faca afiada e já buscava a jugular de Neco, mas Drigo o impediu:

"O patrão quer ele vivo. O castigo tem de vir dele. Tá doido, é? Quer complicar o meu lado que já tá complicado?", alertou.

O homem foi guardando a faca, mas no olhar havia todo o ódio do mundo. Olhos de punhais perfurando Neco. Chegaram à casa-grande com o frangote com os braços amarrados às costas. Neco, feito irmão mais velho que escondeu o doce do mais novo, ria numa ironia sorrateira. Os homens jogaram-no aos pés de Demétrius. Caiu no chão com seu sarcasmo e ossos secos.

Logo que Neco notou quem era, ali, diante dele "Arre!", gritou, deu uma cusparada no chão e riu desdenhoso.

Demétrius olhava-o do alto da sua perplexidade.

"Patrão, taí o ladrão dos animais, acredita? Quem diria que era esse fedelho. Por isso que não achávamos ele. Estávamos procurando no lugar errado. Procurávamos no escuro, sabe? O certo era já procurar no claro. Bem nas nossas ventas. Olha só ele, que verme, não? Já confessou tudo, patrão, todos os roubos. E fez isso com gosto, peito de pombo e tudo mais", relatou Drigo.

Demétrius mantinha-se olhando para o meninote. Este se contorcia feito um lagarto venenoso. Com os olhos de peixe morto, vez em quando, buscava os olhos do patrão, para, logo depois, cair na risada. Divertia-se mesmo com a situação. Demétrius permanecia calado. Neco sabia que naquele silêncio havia um castigo, uma sentença ou coisa pior, sabe-se lá. Mas não tinha medo, Neco é Neco, afirmava para si. Com certeza o pai dele não sabia disso e vai ficar muito mal quando souber. O Felício, todos concordavam, era um homem limpo. Não queria nada de ninguém. Deus, como é difícil criar um filho, como é difícil mantê-lo no caminho certo. O pai tão bom, tão íntegro, tão honesto, e olha o rebento dele, um traste, avaliava Demétrius. Por fim, disse:

"Leva ele, dá uma sova boa, daquelas, e deixa ele lá até que se arrependa. Sobre os animais, vou cobrar do pai dele todo o prejuízo. O castigo maior desse traste será o velho tomar conhecimento do filho que tem. Se é que já não sabe e, sem mais forças, desistiu dele. Bom, a sova não vai ser nada comparada a isso. Se é que ele liga. Vão e acabem logo com isso", concluiu e se retirou.

A maioria dos homens que saía da linha e Demétrius castigava por isso sempre implorava piedade, pedia desculpas ou saía rosnando feito um animal, às vezes até chorando. Neco saiu calado. E, ainda por cima, rindo. Um sorriso de hiena de hálito fétido. No caminho, além dos passos dos homens, ouvia-se também um sibilo, um silvo tal qual uma cobra venenosa, louca pra abocanhar ratos, rãs ou chupar ovo de passarinho, mas era apenas Neco chupando os dentes podres. Gostava daquele gosto de sangue e merda. Costumava dizer.

Cada homem pegou um cipó de marmelo, daqueles que dobra, dobra, dobra e não quebra de jeito nenhum. Daqueles que fazem um zum no ar feito o som das asas do Demo e estalam nas costelas rasgando, sem pena, a pele. Depois de tanta chibatada, Drigo teve de tirar alguns homens que ainda batiam em Neco, mesmo após o rapazote ter apagado de vez. Em nenhum momento, gritou, chorou, pediu piedade, nada. Suportou todas as cipoadas apenas dando gemidos contidos como alguém amordaçado e levando socos no ventre. Depois o amarraram e deixaram lá. Agora era aguardar o arrependimento daquele frango de merda. Caso contrário, ficaria ali até criar raiz. Mas teve mais, muito mais. A mão esquerda de Neco parecia uma geleia. Em meio a um joguinho sujo, insano, a mão do meninote fora toda esmigalhada por Bitonho, que não se deu mesmo por satisfeito. Voltou, desamarrou as mãos de Neco e com uma marreta fez o trabalho rapidinho. E fez isso rindo enquanto dizia: "Essa mãozinha pecadora, danado, tu nunca mais vai poder usar não, tá me entendendo, Neco de bosta?".

Podia-se ouvir o som das marretadas ecoando dentro da mata como se longe dali outro homem marretasse no mesmo tempo e ritmo de Bitonho. *TA, ta, TA, ta*... Com isso, Neco não pôde mesmo permanecer mais calado. E quem poderia? Gritou, urrou, berrou, babou, esperneou até muito depois que os homens desapareceram da sua frente. Feito um desvairado, gritava para as cigarras, para os pássaros, para as cobras, para as caranguejeiras, para os céus, para as árvores. Amaldiçoava a tudo e a todos.

Drigo chegou a sua velha casa com um riso que não cabia na cara medonha. Ufa! Beijou a mulher, colocou alguns sacos sobre a mesa e correu para o seu chorãozinho. Colocou-o nas costas e se sacudiu que nem boi brabo até fazer o chorãozinho se engasgar de tanto rir. Drigo também ria como uma criança. Depois, o menino cansado de tanto brincar, adormeceu. Drigo, deitou-se com ele na rede e balançou-se enquanto seu filhinho ronronava que nem um gatinho sobre a pança do pai. Este, feliz, olhou sua casa e viu que ela ainda estava intacta, e assim permaneceria. O Jurupari estava bem longe deles, lá na mata, ao lado de Neco, imaginava molemente. Adormeceu e logo estava roncando como todo homem livre pode dormir e roncar.

XVII. COISA BOA MESMO

O delegado chegou à casa-grande. Demétrius já o esperava. Tratava-se do caso da família de Índia. Disse que havia algumas testemunhas, sim. Viram o Cascavel e o Caveira entrando na casa da família e que os dois permaneceram lá um tempo. Só não viram eles saindo nem a casa pegando fogo, pois estavam apenas passando por lá.

"Talvez não queiram se envolver demais na coisa, sabe como é, né? Quem sabe seja isso mesmo. O fato é que eles são os maiores suspeitos", afirmava o delegado.

Agora havia outra coisa. Só encontraram três corpos: o do pai, o da mãe e o da menina, e só. Não acharam o corpo do menino. Ou ele fugiu ou os cabra levaram ele, era o que achava. O menino era muito pequeno pra fugir. O mais provável é que levaram mesmo ele. Agora só não sabia para quê, exatamente. Essa era uma questão complicada. O delegado disse que mandou os homens fazerem uma busca em boa parte da fazenda, mas até agora nada. Mas ele ia achar os dois, e ia também achar o menino.

"Pode ficar sossegado, Demétrius, vamos encontrar os cabra. Aqueles infelizes da gota serena vão se ver comigo. Pode deixar. Não vejo mesmo a hora de colocar as mãos em cima dos dois", concluiu.

Demétrius ofereceu um uísque. O delegado lambeu os beiços e aceitou de cara: "Como não aceitar coisa boa, hein?", comentou.

Demétrius colocou uma dose para cada e beberam no seco. Pediu sigilo ao delegado. Sem soltar coisas nos jornais, rádios. Você sabe como isso funciona. Muita conversinha, e principalmente, isso vai abalar ainda mais a esposa. Ela já está arrasada. Já passou por poucas e boas, coisas difíceis mesmo. Gostaria de poupá-la de fofocas, conversinhas, você sabe.

O delegado assentiu, ia fazer o impossível para não deixar cair nada nas mãos daqueles urubus dos jornais e do rádio:"Mas sabe como é, né? Eles são que nem baratas. Aparecem de repente em todo e qualquer lugar. Para cada uma que nos livramos há mais de mil". Olhou para seu copo vazio e para a garrafa em cima da mesa.

Demétrius pôs mais uma dose para cada. O delegado tomou de uma vez e acrescentou que o patrão podia ficar tranquilo, que, se vazasse alguma informação, com certeza não seria da parte dele. Iria fechar o cerco. Nenhuma informação para esses ratos de merda. "Mas a coisa foi feia, viu Demétrius? Aqueles homens são uns vermes mesmo. Fazer aquilo com uma família. Uma mulher e uma criança, principalmente. A família inteira. É fogo, viu? Dizem que o dois tinham uma rixa antiga, certo? O Cascavel e o Daniel já haviam se confrontado, sim? É o que dizem por aí. Discutiram uma vez e parece que o Cascavel nunca engoliu muito bem a coisa", comentou o delegado.

Demétrius disse que sim. Havia uma rixa, ninharia. Uma aposta, talvez, não podia precisar. Nem mesmo eles sabiam direito. Acreditava que era da natureza de ambos. Não se aturavam, não batiam. Ponto. Daniel quis fazer as pazes, mas o Cascavel não quis. Falava em pegar o outro numa dessas, ficava ruminando.

"Eu disse aos dois que, se não esquecessem a refrega e me criassem problemas, iriam para a rua sem pena. Daniel disse que da parte dele já estava encerrado, mas Cascavel tinha um sangue ruim. Era um homem trabalhador, competente, mas muito rancoroso, não esquecia as coisas facilmente, e achava que tudo tinha de ser resolvido no punhal. Bom, quando ele chegou aqui, não me escondeu nada, falou: 'Patrão, a verdade é que matei um homem quando eu tinha dezesseis anos. Depois matei outro quando eu já tinha trinta. E depois, mais um, e depois mais outro, e penso que ainda mais outro. Tudo na ponta do punhal. Fiquei foragido um bom tempo. E vou lhe dizer, patrão, uma verdade ainda maior do que essas que contei pro senhor: eu não me arrependo, não, viu? Se tivesse de matar eles de novo, matava e ponto. Tudo cabra safado'. Disse-me ainda que precisava trabalhar, se ajeitar, tinha família, mulher e filhos: 'Família não esfria o sangue quente da gente, mas ajuda, né? Pau que nasce torto, morre torto. Acredito nisso, patrão. Mas penso que a gente pode fazer outras coisas além de se meter em encrenca e matar pessoas. Como disse tenho mulher e filhos. Preciso encontrar um rumo. Só num sei se vou encontrar. Às vezes, a cabeça ferve demais com algumas pessoas e aí eu perco o juízo. Mas não menti pro senhor sobre as mortes, não vou mentir também sobre querer mesmo um trabalho e uma vida melhorzinha. Patrão, sobre as mortes, quando você se mete em encrenca e tem de matar um homem, precisa matar mesmo, sabe? Se deixar vivo, ele vai para o hospital, fica bom e depois te mata. Você num dorme mais, entende? Vê o cara em todo lugar que vai. Vira um fantasma vivo. O que é pior, porque fantasma morto num faz mal pra ninguém. Tem de matar, mata. E foi o que fiz. Num é pelo prazer de matar. Quem gosta de matar, meu Deus? Uma parte é pelo juízo frouxo, o sangue quente, a confusão que nos tira as ideias. Outra parte é por proteção. Essa é a verdade. Num pode deixar testemunha também não, nem filho pequeno que presencia a coisa toda. Tem de matar, entende? Nesse caso, dói, mas fazer o quê? Criança cresce, vira homem, guarda rancor, aprende a usar arma e depois, se vinga, ara! E o que é ainda pior; quando vai se vingar já pega você velho, fraco, sem condições de se defender. É uma merda. Às vezes, se acha que o cara esqueceu, que tudo passou, você morre com um tiro bem nas fuça com o netinho no colo, entende? Então, tem de matar, ora, mata e ponto". Foi assim mesmo que ele me disse, delegado. Então, veja, só pode ter sido ele, auxiliado pelo Caveira. Bom, este consegue ser mais perigoso que o Cascavel. É fofoqueiro, dissimulado, fomenta briga entre os homens e depois sai de banda. É pérfido, liso, um incitador de confusão. Porém, também trabalhador. Cada um deles tem aí o seu jeito troncho de ser, mas quanto ao trabalho eu não posso dizer mesmo nada. Trabalham feito mulas. Depois que saem, se embebedam até morrer, criam confusão, brigam, batem nas mulheres — e isso não é da minha conta —, mas no dia seguinte, bem cedo, sem falta, estão na lida. São assim. Bom, tudo indica que foram mesmo os dois. Peço que investigue direito e que seja logo, tudo bem?", concluiu, enfim, Demétrius e foi logo colocando mais duas doses.

O delegado lambeu os beiços, olhou o copo vazio, depois para Demétrius, que o mirava. Ficou um silêncio por um tempo, então, falou: "Bom, vou indo. Agradeço o uísque. Coisa boa mesmo. Mantenho o patrão informado. Pode deixar. Vou preparar a papelada para dar andamento ao processo. Logo libero os corpos para o sepultamento. Agora, Demétrius, a coisa lá foi feia mesmo, viu? Melhor vedar os caixões. Coisa feia do Demo".

Com firmeza, o delegado apertou a mão de Demétrius e foi se retirando. Ainda falava e falava, prometia isso e aquilo, como quem acha que ainda precisa acrescentar algo para fortalecer o crédito em si mesmo. Quando já estava saindo, ele ainda deu uma olhadinha de esguelha para a garrafa de uísque sobre a mesa, lambeu os beiços e se foi ainda lambendo-se até a porta da saída que foi quando ainda disse: "Coisa boa mesmo, viu?".

Quando o delegado realmente se foi, Demétrius pediu a Tereza Cavalo que chamasse Ciço, Drigo e Dão. Seus homens mais fiéis. Quando eles chegaram, com seus corpos pesados, cada um já com o chapéu sobre o peito — como a abafar os segredos do coração —, as esporas tilintando, Demétrius fechou-se com eles e não se ouviu mais nada do lado de fora. Quer dizer, podia-se ainda ouvir sussurros como numa oração, mas, se era mesmo uma oração, não dava para saber se rogavam a Deus ou ao Diabo. Na verdade, o patrão queria que eles fossem atrás do Cascavel e do Caveira. O delegado era um homem bom, mas falava mais do que fazia. Já o conhecia bem. Disse aos seus homens que, por aqueles tempos, se ocupassem disso e achassem, de uma vez por todas, aqueles dois infelizes.

XVIII. FOI DURO DE VER

Índia gritava e queria correr a estrada do rio abaixo. Era o caminho que levava à casa dos seus pais e irmãos. Demétrius acabara de lhe contar sobre o que ocorrera com a sua família. Todo o dia, esperou que ela entrasse no quarto para que pudesse lhe contar, mas não havia jeito de ela entrar. Estava animada sempre a fazer uma coisa e outra lá fora: mudar uma planta de lugar, prender uma hera, podar uma rosa aqui outra acolá, plantar mudas. Coisa que aprendera com Tereza. Estava eufórica, mas ele tinha de contar, tinha de contar, ora. Não havia jeito. Aquela disposição toda iria desmoronar, ele sabia, aquela alegria iria derreter, desfazer-se, ele sabia, mas tinha de contar, tinha de contar. Como poderia esconder isso da própria esposa? Não dava. E, quando contou, ela logo abandonou o que estava fazendo e saiu em disparada rumo à casa da família como se ainda os pudesse salvar. Demétrius pediu que alguns homens a segurassem. "Não há mais nada lá, Índia, pelo amor de Deus! Tudo foi queimado, destruído. Estão todos mortos", ele encontraria os culpados, ah, sim, ele os encontraria, prometia, mas ela precisava se acalmar. Não havia mais nada a ser feito, a não ser, sepultar a todos. E isso ele faria da melhor forma possível. Ele dizia isso, mas não havia mesmo jeito. Ela esperneava, se descabelava, gritava, berrava, xingava, chutava. Queria correr pra lá de novo e de novo e de novo. Foi duro de ver. Deus, era só uma menina. Aquilo era pesado demais. Um golpe profundo. Ele se perguntou se havia outro jeito de se dizer algo desse tipo a alguém. Mas pensou que independentemente do jeito que escolhesse, se assim ou se assado, os pais e os irmãos dela estariam mortos de qualquer forma. Por que dar voltas se no final tudo estaria acabada do mesmo jeito? Por que dar doces a uma pessoa que logo depois vai tomar uma boa dose de cicuta? Que desse a cicuta de uma vez, ora.

No fim do dia, Índia estava acabada. Bolsas sob os olhos, cabelos desgrenhados, cara fechada, toda inchada, parecia uma velha. Aquele sorriso cheio de dentes brancos, grandes e fortes havia sumido. Depois, trancou-se no quarto e não queria falar com mais ninguém. Que não a incomodassem, que não mexessem com ela, pois estava morta. Podiam sepultá-la junto com a família. Ela também havia morrido. Ficou dias sob os edredons feito uma moribunda, feito um sol dentro de nuvens densas e escuras. Imóvel, muda. Não comeu nada. Levantava-se vez em quando para fazer xixi, mas logo voltava. Chorava. Às vezes, dava um grito, depois emudecia, zanzava e tornava a dormir profundamente. Todos sentiam muito a falta dela, a alegria de Índia na casa. Enchia tudo e todos com a sua presença. A coitada da arara estava sofrendo também. Passou o dia todo gritando, desesperada: "Índia, vem cá, menina". Gritou tanto que estava sem voz. Inquieta, ia pra lá e pra cá no poleiro. À noite, parecia uma morta. Pela manhã, já tinha refeito as energias e voltava a gritar como uma desvairada: "Índia, vem cá. menina. Muié, tô como fome, vem cá, vem cá, vem cá". Índia devia ouvir isso, os apelos da arara, e sofrer ainda mais, mas seu coração estava atolado num sofrimento ainda maior.

Tereza Cavalo hora ou outra ia lá. Sentava-se um pouco na cama, ao lado de Índia, também muda, morrendo de pena da menina. Havia dor demais sob aqueles cobertores, naquele silêncio, dentro do quarto. Levava um lanche, um suco, deixava ali, mas quando voltava, a comida e a bebida estavam intactas. Levava o que estava lá e trazia outra refeição, que, como sempre, permanecia intacta. Fez isso todos os dias. Demétrius também, vez em quando ia lá, mas uma hora preferiu deixá-la descansar. Entendia o que ela estava passando. Logo se recuperaria. A dor permaneceria ali dentro dela, pulsando, corroendo, mas todos sobrevivem, é a vida. Esta tem lá os seus mistérios insondáveis. É como uma doença, ficamos de cama, dói, tira-nos as forças, tudo parece ter morrido também, mas um dia, a coisa se foi e sem entender bem, estamos de pé. Prontos para outra. Deixou ela lá. Que descansasse. Logo estaria de volta. Enquanto isso, ele teria de providenciar os preparativos para o velório e o sepultamento. Antes é preciso resolver a vida dos mortos para depois continuar tocando a vida dos vivos, tinha essa certeza.

XIX. UM CAIXÃO APÓS O OUTRO

Os pássaros velozes do tempo em seus voos rasantes, deixando atrás de si um imenso rastro de bosta. Aqueles que seguem essa trilha acabam sempre cagando as botas. Nos seus ninhos, encontramos carcaças de ovinhos ou até uma grande cascavel enrolada, feito um imenso cagalhão trepidante e traiçoeiro. Não é isso a vida? O dilema de sempre. Como seguir esses pássaros velozes? E, se voltamos, olha só o que nos espera. Só desolação, só desolação.

Demétrius mandou buscar três caixões na capital. Havia funerárias por ali, nas imediações da fazenda, mas eram muito ruins e ainda mais caros. Uma vez, em um dos enterros, um defunto havia caído pelos fundos do caixão. Foi o que disseram. O fato é que os caixões da capital eram bem melhores e ainda por cima mais em conta devido à concorrência. Vinham também com todos os serviços da funerária. Os corpos não precisavam de maquiagem, injeção, nada disso, mas havia outras coisas a serem feitas. A logística, a organização etc. Os ataúdes ficariam fechados, sem exibição ao público. O velório e os sepultamentos seriam no cemitério da cidade. Demétrius comprou um jazigo para a família de Índia bem próximo ao de seus pais.

Depois dos sepultamentos, iria colocar vários homens à procura do menino. Não confiava nas buscas do delegado. O menino era ainda pequeno, mas muito esperto, destemido. Se não tivesse se afogado tentando, em desespero, atravessar o rio, poderia ainda estar por ali, alimentando-se de frutas, tubérculos, mel, entre outras coisas. Também poderia estar preso em algum buraco. Se foi picado por alguma cobra ou algum inseto venenoso, achariam o corpo. Até porque começaria a feder. Os homens achá-lo-iam logo. Vivo ou morto. Eram experientes, conheciam a mata.

Depois de tudo pronto, foi preciso muita luta, e muita conversa para tirar Índia do quarto. Ela não conseguia. Sabia o quanto era importante se despedir da família, mas ela simplesmente não encontrava forças. Quiseram dar um remédio a ela, mas Demétrius não deixou. "Temos de encarar a realidade sem artifícios. Caso contrário, as experiências não valem de nada. Se não sofrer agora, sofrerá amanhã, se não amanhã, depois. Enfim. Não há como adiar isso", argumentou. Era duro, mas o que ele dizia tinha lá a sua verdade, reconhecera Índia, um dia, lembrando-se do ocorrido.

Tereza Cavalo foi inúmeras vezes ao quarto da menina. Índia já não chorava. Entrou num silêncio ainda mais esfíngico. Falavam com ela e era como se estivesse alhures. Respondia só: "Hein? Hein?". Depois voltava para debaixo dos cobertores e apagava.

Demétrius perguntou se alguém havia dado algum remédio caseiro a ela. E perguntou isso aos berros, acrescentando: "Se alguém deu algum remédio a ela sem minha autorização vai pra rua agora. Pode ser quem for. O papa, Deus, o Diabo, a puta que pariu. Vai pro olho da rua agora". As pessoas deslizavam pelas paredes, saíam de fininho, abaixavam os olhos. Os homens que, nesse momento, haviam entrado na cozinha para pegar um café, desistiram, deixando o copo limpo e vazio sobre a mesa, retirando-se, pisando leve para abafar as ruidosas esporas.

Tereza Cavalo permaneceu lá com ele e Índia, mas não abriu mais a boca, já sabia que, quando Demétrius chegava a esse nível, o melhor mesmo a fazer era não fazer nada, não falar nada. Era o limite dele. O momento era horrível. Ele também sofria muito. Não se resumia apenas à morte de toda a família da sua mulher, assassinados de forma cruel. O que contava também era que Índia estava destruída. Muito provavelmente, nunca mais se levantaria inteira dessa queda gigantesca. Quem em sã consciência suportaria tamanha desgraça? Sobrevivemos, mas não inteiros. Seguimos apenas.

Demétrius já estava quase deixando ela ali, para que descansasse. Poderia fazer isso. Pediria a Tereza Cavalo que ficasse com ela e resolveria sozinho o que tinha de ser feito e ponto. Mas também tinha receio de deixá-la. E carregava ainda mais receio de ela, um dia, lamentar por isso e sofrer ainda mais. Não era religioso, mas achava que a despedida definitiva era muito importante. Pensava que isso tinha mais a ver com os vivos, aqueles que ficavam, do que com os que partiam. Pôde se despedir dos seus pais, até havia outros remorsos, mas quanto a isso não. Estava resolvido, enfim. Já estava para sair e deixá-la mesmo com Tereza. Porém, quando disse isso a Índia e foi se retirando, a mulher agarrou-o, depois o abraçou forte e caiu aos prantos. Tereza Cavalo fez de tudo para não desabar também. Se segurou até onde deu. Mordeu os lábios, olhou para cima, para baixo, roeu uma unha, juntou as pernas, pôs as mãos para trás, mas não houve jeito. Começou chorando ali, no canto, apenas para si. Quando viu que ia mesmo desabar, correu para ajudar Índia a se vestir, a se arrumar, a conseguir sair de vez daquele quarto doído. Índia chorava como uma menina. Ora, mas ela era uma menina. Entraram no carro e se foram. Lá no cemitério, Índia ficou sentada o tempo todo. Olhava vez ou outra para os caixões, um ao lado do outro, mas logo mudava o olhar para algum outro lugar, qualquer um, menos ali, naquelas coisas lisas e brilhantes. Dentro deles estava a sua família. Só queria que terminasse logo. Só isso.

Quando os corpos foram saindo rumo às covas, Demétrius quis ir com Índia, mas o padre Rufino o chamou para lhe dizer algo. Tereza Cavalo e dois homens de Demétrius ficaram com ela, que andava como uma mutilada. O padre Rufino gostaria de saber se Demétrius ou Índia ou mais alguém queria dizer algo, algumas palavras, um discurso improvisado. Não, não. Ele negou, ninguém ia fazer isso. Que ele fosse breve, por favor. O padre concordou.

Rufino, até onde Demétrius pôde captar, falou da vida eterna, da benevolência de Deus, do valor do sofrimento, do sacrifício, da recompensa àqueles que permanecem bons, justos. Chegará o dia do Juízo Final. Ele falava bem, era bom de oratória, tinha a voz mansa, pausada, mas, ao invés de Demétrius se sensibilizar com tudo aquilo, na verdade, teve foi sono e por pouco não apagou. Estava cansado demais, alhures. Tudo foi muito puxado. E para isso seus homens não serviam de nada. Além do mais, foi uma semana pesada com todas as urgências da fazenda.

Quando os corpos desceram à sepultura, Índia passou mal, teve um princípio de desmaio, mas manteve-se firme. Já era estranho aceitar que uma pessoa nasça de dentro de outra, ainda mais esquisito era vê-la num buraco, sob o peso úmido e silencioso da terra. Foi um caixão após o outro. Muitos não aguentam nem um único caixão, imagine três. Aquilo parecia não terminar nunca. Era preciso orar por três mortos, descer três caixões, fechar três sepulturas, chorar por todos. Mas tudo acaba. Conversaram um pouco por ali e foram para a fazenda. Tereza Cavalo havia providenciado um café, uns bolos, alguns doces.

As voltas dos cemitérios são sempre silenciosas. Ou não há mesmo o que dizer, tudo já foi dito, ou ninguém se arrisca a ser o primeiro a falar. O cemitério não era longe, logo estavam em casa. Índia ficou numa espreguiçadeira. Os homens de Demétrius, cada um com um copo de café, uma pamonha, um bolo de fubá ou um pão, escolheram um canto do alpendre para comer e esconder a timidez. A casa estava cheia de gente importante. Tereza Cavalo organizava uma coisa ou outra, e Demétrius falava com um ou outro. Os dois, vez em quando, iam falar com Índia.

Todos foram saindo, deixando seus sentimentos. Outra coisa demorada. As pessoas se despedem repetidamente. Mas foram, um a um. Tereza levou Índia para o quarto, para que descansasse um pouco, e depois foi cuidar de outras coisas. Por fim, só ficou o padre e Demétrius. Este queria acertar com ele a Missa de Sétimo Dia. Não era por ele. Mas, quem sabe, Índia gostasse da ideia. Se ela quisesse desmarcar depois, tudo bem, poderia fazer isso. De qualquer forma, já ficaria agendada. O padre concordou. Sorriu.

No escritório, definiram uma data para a missa. Após isso, Demétrius abriu um bom vinho, encheu duas taças, passou uma a Rufino. O padre gostava, todos sabiam. Tomaram em silêncio, os dois, olhando o grande cajueiro próximo à entrada principal da fazenda. Apesar de tudo, sentiam-se bem. Talvez fosse a sensação de missão cumprida. Árdua, difícil, dura, porém feita da melhor maneira possível. O padre foi o primeiro a falar. Levantou a taça levemente na direção do grande cajueiro e declarou:

"A humanidade deveria ser como as árvores. Os fortes sustentam os mais fracos. A raiz desse imenso cajueiro está fincada no chão. A árvore suporta sol, chuva, vento, pragas, insetos, mas fica aí, firme, protegendo suas flores, folhas e frutos". Pegou gosto e seguiu: "Sólon, um dos sete sábios da Grécia Antiga, disse uma vez que o Estado, assim como os homens, sustenta-se sobre duas pernas: a direita para punir toda a culpa e a esquerda para recompensar o bem. Quando uma delas falha, o Estado torna-se coxo, assim, comprometendo a perna sadia. Quando as duas, infelizmente, falham, o Estado perde o equilíbrio e cai. Então, passa a não mais punir a culpa, como também a não mais recompensar o bem. É quando tudo entra em colapso, o crime se estabelece e homens ruins são recompensados em detrimento dos bons. Estabelece-se, então, o caos", findou e tomou com gosto mais um gole do vinho.

Demétrius, depois de um olhar de admiração à erudição do padre, disse-lhe que gostou do sermão no cemitério. Gostava de ouvi-lo falar, ele sabia, todos ali, na região, gostavam, mas, definitivamente não acreditava em eternidade. Uma hora tudo teria de acabar. O próprio Deus perderia o prazer pelo mundo, assim como uma criança perde o interesse por um brinquedo, ou um homem perde o desejo por uma mulher, e vice-versa. Tanto faz. Demétrius, vez em quando, dava umas de filosofar. E o momento era propício. Padre Rufino era paciente, um bom ouvinte. Demétrius deu um gole no vinho, olhou lá fora e, depois de alguns minutos, se voltou para o amigo e perguntou:

"Padre, por que seguimos com isso? Por que, mesmo contra vontade, fazemos aquilo que não queremos? Tantas perdas, tantos desencontros, tanta intriga, confusão. Para que isso?".

"São os desígnios de Deus. Todas as coisas estão nas mãos Dele. Ele é benevolente, onisciente, onipresente. Está lá e está em nós. Tudo é ele. Precisamos aceitar isso uma hora. Pode parecer fora de controle para nós, mas para Ele tudo está em completa harmonia. Seguindo o que tem de seguir. Sendo o que tem de ser. Não devemos procurar outro sentido naquilo que o Criador deu sentido. Cada um, do seu jeito, busca o seu sentido numa visão muito particular da vida, mas para Deus só há um sentido, Ele. Tudo é muito maior", rebateu o clérigo.

"Padre, já li alguns livros. Mas o que está neles não é o que está na vida? As pessoas buscam formas difíceis de falar sobre aquilo que todo mundo, de uma forma ou de outra, já vivenciou, não? Nos meus tempos de colégio, havia momentos em que gostava daquilo, por outro lado, achava uma verdadeira perda de tempo. Parecia que eles falavam de um mundo que não existe. Muitos vinham com ideias, como se aquilo fosse uma coisa completamente nova. Mais ou menos como se descobrissem que a mangueira dá manga, a goiabeira dá goiaba, que o tijolo é feito da terra, que o boi gosta de capim e melaço. Só que dito de outra forma, compreende? Então, naqueles tempos, como dizia, nos meus tempos de colégio, um professor falava muito de um livro bem famoso, no qual o filho havia assassinado o pai. Ficava efusivo, às vezes, soltava inúmeros perdigotos sobre nós. Dizia: 'Vocês precisam ler este livro, vocês precisam conhecer esta obra. É um dos mais famosos parricídios'. Ora, não é isso que acontece todos os dias no mundo todo, padre? Pai matando filho ou vice-versa? Observe também quando Cristo disse: 'Dá a César o que é de César'. Padre, já não sabemos que devemos pagar os nossos impostos muito antes de ouvir ou ler isso nos livros? Podemos ficar sem pagá-los, Deus do céu?", concluiu, entusiasmado, Demétrius.

"Essa frase encerra muito mais coisas do que supõe a nossa tacanha filosofia, meu amigo. Além do mais, os conceitos, a política, o contexto, a cultura eram outros. É preciso manter a essência, apenas o mais importante e logo contextualizar. Trazer para os nossos dias, para as nossas urgências existenciais de hoje. Devemos, sim, questionar. E para que nascemos com um cérebro se não pudéssemos questionar? O cérebro é uma peça mais que importante no jogo das questões. O que sou? Pra onde vou? O que é Deus, o que é a morte, a vida? Sim, devemos fazer isso, não somos animais. Os animais são puros, sim. Ah, mas eles matam. Matam para comer, assim como nós precisamos ir ao mercado. Eles não matam por vingança, nem por diversão, tédio, ciúme ou o que seja. Ninguém ouviu nenhuma vez um leão dizer: 'Ah, vou ali matar um urso porque ele me aborreceu'. Eles são puros. Apenas seguem os seus instintos, vivem como podem. Mas eles não possuem a consciência do eu. Sendo assim, como disse, nós temos uma excelente ferramenta dada por Deus. Só precisamos saber como usá-la. Ela pode nos levar para o Inferno ou para o Céu — você sabe que esses conceitos são metafóricos, sim? Podemos ler o primeiro como a desarmonia, o sofrimento, e o segundo como a paz, a salvação de si mesmo como ser humano, como pessoa melhor, enfim — e isso é uma escolha. Isso foi uma coisa que o bom Deus também nos deixou: a escolha, o que muitos chamam de livre-arbítrio. Que seja! Que seja!".

"Padre Rufino, depois de morto não há mais nada. Silêncio total, fim de tudo. Pense naquelas três pessoas lá no cemitério. Acabou. Matéria em decomposição, química, pó. O resto é a ruminação do medo. As pessoas lotam as igrejas porque têm medo, não necessariamente porque têm fé. Não aceitamos mesmo a ideia da completa finitude, do escuro, do nada. Nos seguramos na morte, assim como nos seguramos na vida. Queremos ficar, de qualquer jeito, mesmo sabendo que aqui é este vale de lágrimas, como afirmam os poetas, e, depois de mortos, queremos ainda um recomeço, uma nova chance para retornar a vida e, muito provavelmente, retomar o famoso carrossel de sofrimentos. Se não podemos voltar, como assim afirmam certas religiões, seguimos então um método muito conhecido e demasiadamente utilizado na vida terrena: o merecimento. Se formos bonzinhos, desfrutaremos de todas as regalias celestes. Se formos ruins, queimaremos no fogo do Inferno. Não acredito nisso, parece muito bem arranjado, assim como os falsos cenários dos teatros. Por trás tudo é só madeira velha e remendos em tecidos também velhos. Podemos divisar a tosca costura. Acredito no fim de tudo. Por que não? Para onde vão as folhas tenras quando murcham? Ora, e não há vida ali? Rufino, sabe por que nunca veio ninguém de lá? — as histórias malucas que contam por aí não me interessam —, porque acabou. Não podem. Não existem mais. Fim. Precisamos também aceitar isso uma hora", contagiado pela discussão, Demétrius declarou e logo encheu novamente as taças.

O padre, de bom grado, estendeu a mão em direção à boca da garrafa daquele bom vinho — ele mesmo dizia que um bom vinho é aquele que nos põe a falar sobre questões importantes — estava ali, com as bochechas vermelhas, como as das bonecas, um sorrisinho oscilante no canto da boca, e os olhinhos brilhantes. Tomou um generoso gole e disse:

"Que vinho! Que vinho! Olha, Demétrius, o que eu posso dizer é que são as leis. As de lá não são as mesmas que as daqui. As leis de Deus são as leis de Deus".

Demétrius pegou o embalo: "Leis, padre? Tenha dó. Os vivos já passam a vida toda emaranhados em leis. Leis pra nascer, leis pra viver, leis pra comer, pra morar, pra manter-se saudável, pra viver com alguém, pra separar-se desse alguém, leis pra morrer. Tem ideia de quantas leis tive de seguir por esses dias para enterrar aqueles três infelizes lá no cemitério? Leis, leis. Se for assim, é melhor acabar com tudo de uma vez, padre, inclusive com Deus".

O padre, que até então sustentava um sorrisinho no canto da boca, ao ouvir isso, logo fechou a cara e rebateu: "Não diga isso, bom homem. Não se diz isso com Deus. Com ninguém, com Deus, menos ainda".

"Ó padre, sei, ficará aborrecido comigo, mas sabe por que gosto do discurso do mal? Porque não é incoerente. Porém o discurso do bem é pura incoerência. Veja isto: em um de seus sermões, Cristo disse 'Bem-aventurados os pacificadores, porque eles serão chamados filhos de Deus'. Tudo certo até aí. Bonito. Porém, em outro momento, Ele disse: 'Se tu não tens uma espada, vai vender teu manto e compra uma'. Vai entender. No discurso do Diabo, ele diz que veio para destruir e ponto. Ele nunca negou nem confundiu isso. Alguma vez o Diabo disse que veio para fazer o bem? Eu nunca ouvi. E acredito que ninguém tenha também ouvido algo parecido".

O padre, envolto em seu silêncio costumeiro, olhava Demétrius. Era um bom ouvinte. Olhava o outro se debatendo em questões e até achava isso muito normal, pois também pensava que fazia parte da busca existencial de cada um. Ora, ninguém pode se salvar permanecendo inerte, assim como ninguém sai de um buraco apenas olhando para cima. É preciso movimento. As palavras de Deus são como degraus, mas é preciso que os seus filhos mexam as pernas e os braços em direção ao alto, à salvação. Ele só estava ali para mostrar os degraus. Cabia a Demétrius se mexer. E ele estava fazendo isso. Mesmo que não parecesse. Só iria interferir em sua busca se uma hora percebesse — e esperava mesmo que isso não ocorresse — que ele havia desistido de olhar para o alto, para a salvação.

Demétrius viu o padre mergulhado em silêncio, então, foi lá e pôs mais vinho na taça dele. Este, com as bochechas ainda mais vermelhas, trouxe de volta o sorrisinho no canto da boca.

"Que vinho, que vinho! Bebida que rega as nossas flores retóricas", comentou Demétrius. E os dois tocaram as taças num tim-tim solidário. As opiniões podem diferir, mas a grande amizade sempre segue em frente com seus passos firmes sobre o solo das diferenças.

XX. SERÁ QUE É PEDIR DEMAIS?

Índia, horas após mais uma cirurgia, acordou em sua cama, em seu quarto. Lugar que já conhecia muito bem. A mesinha estava cheia de flores, cartões, doces. Demétrius havia passado por lá, mas ela ainda não tinha acordado, então, esperou um tantinho, depois preferiu deixá-la descansar mais um pouco. No dia seguinte, ele voltaria. Deixou avisado. Índia estava mesmo exausta. Sentia-se um fiapo de gente. Percebia as coisas em volta como se estivesse dentro de um imenso vidro, numa bolha. O som vinha como vozes num telefonema. Estaria ficando surda?, perguntou-se. Sua casa logo veio ao pensamento. Que vontade de estar em casa, de ver Demétrius com seu cheiro de perfume vencido, suor e fumo. Que vontade de comer uma graviola, um sapoti, uma jaca inteira. Será que posso comer essas frutas? Tudo me foi negado. Até o maná da bíblia, penso que não me deixariam comer, refletia.

O médico veio e ela não gostou nada da cara dele. Mesmo assim, perguntou: "Doutor, quando vou para casa? Tenho saudade do meu lugar". O homem continuava mexendo em sua maleta e depois, só muito depois, respondia: "Hein? Não entendi, quando o quê?". Ele sabia, ele sabia. Fazia de contas que não sabia. Médico é tudo igual. O meu é gente boa, um rapaz bonito e asseado, mas liso que nem um muçum. Foge das perguntas como um menino correndo da sova, feito sabonete escorregando das mãos. Doutor, quero ir para casa. Essa cama me mata. Ai, me tiraram o outro seio. O câncer passeia dentro de mim feito um barquinho de papel na água veloz da chuva. Tá aqui, acolá, ali, lá e não sei mais onde. Vai fazendo sua festa particular no meu sangue. Sangue que me dá e me tira a vida. Deus, arrependido de ter me dado o doce, agora quer levá-lo de mim. Deus e a sua birra milenar. Ainda não esqueceu a rixa antiga com os humanos. Deus o adversário? Deus o quê? Deus a mentira? Se Deus é uma farsa, uma invenção, então, todo o resto também o é. Como a alegria fingida dos palhaços para que a plateia saia acreditando que a vida será menos dura. Ledo engano, não?

Os quartos dos hospitais são todos iguais e ao mesmo tempo todos diferentes. Depende de como estamos nele, de como nos sentimos. Ó flor branca, artificial e sem vida! Ai, sinto falta dos meus peitos. Agora meu corpo não passa de uma sala vazia. Sem mesa e sem cadeiras, nada. Meus peitos eram tão bonitos. Lembro-me de ver Demétrius, logo que me conheceu, com os olhos sobre eles. Eu morria de vergonha. Mas era uma vergonha boa. Dessas que a gente pensa que não quer, mas quer. Pousava aqueles dois olhos de corvo sobre eles que eu até sentia as bicadas. Fora e dentro de mim. Ele só pigarreava. Quando me viu, foi paixão à primeira vista, fulminante, me disse algum tempo depois. Me olhava e eu me encolhia em mim mesma para tentar prender o desejo lá dentro feito ratinhos arranhando a caixa. Demétrius ria, e sua boca grande queria tomar a cara toda enquanto o bigode loiro se ouriçava feito um pássaro prestes a alçar voo. Um dia, perguntei-lhe por que a pressa em me levar embora. Eu ali, apenas com a roupa do corpo, em cima do seu cavalo, sem nem poder me despedir direito da minha família. Ele me disse que teve receio de me perder. Nem bem me encontrou e já tinha esse medo imenso. Medo que traz até hoje. Ah, Demétrius.

Deus, que ridículo!, agora dei de pensar para onde foram os meus seios? Onde foram mesmo parar? Ora, precisam estar em algum lugar já que não estão mais em mim, certo? Pensei em perguntar ao doutor, mas não tive coragem. Então, a curiosidade ficou me perfurando feito a etiqueta de uma roupa nova. Mas o que importa onde foram parar, meu Deus? Já não serviam mais para nada, até porque já tinham me tirado o útero. Já disse isso? Naqueles seios nenhum filho iria mais agarrar-se para saciar a fome e a sede de vida. A sua necessidade de existência cheirando a talco. Meus seios? Que fossem para o lixo. Afinal de contas, para que servem dois seios que nunca vão amamentar? Ora, seios não são acessórios como pinguins em cima de uma geladeira. Ah, as duas geladeiras a gás que Demétrius me comprou. Que saudade das minhas geladeiras. Do cheiro de fruta e legumes que eu sentia quando as abria logo pela manhã. Às vezes o dia estava tão quente, que eu ia até elas, abria a porta e ficava ali, me refrescando feito uma onça numa sombra boa. Quando a gente tá doente, muito doente, e fica muito tempo num quarto de hospital, pensa em cada coisa. É como se misturássemos areia e manteiga. Seios e geladeiras não combinam, né? Mas como parar isso? Como travar essa máquina traquina que é a nossa mente? É como dar corda num boneco e depois pedir que ele pare. É como tentar segurar uma gota de mercúrio na palma da mão. Pensamentos são como papéis picados ao vento.

Doutor, quando vou para casa? Sinto saudade de dormir com meu homem. De me aconchegar nele feito uma jiboia num tronco de uma árvore. Doutor, só durmo bem mesmo no meu ninho. Aquele que tem o cheiro e o calor da minha intimidade. Aquele que tem a minha forma. Doutor, saí da minha casa, o casebre do meu pai, daquele chão duro, para uma cama enorme que me incomodava muito por ser extremamente macia. Sofri pra me achar ali, naquela maciez com brancura de algodão e nuvens. Meu homem do lado, tão meu e tão dele mesmo, feito um deus protegendo o paraíso. Com o tempo, a cama foi ficando pequena e fui me acostumando à maciez do colchão. Logo estava tão juntinho do meu homem que, às vezes, achava que éramos uma só pessoa. Pensava que, se ele sonhasse, eu também teria o mesmo sonho, sabe? E assim, nem precisaríamos contar um para o outro, no café da manhã, o que havíamos sonhado. Tão juntos, tão únicos que eu achava que, se ele se levantasse, erguer-me-ia e vice-versa. Dois corpos, duas almas, duas vidas numa só pessoa: eu-ele. Me enroscar nele era como lançar-me no espaço aconchegante de nós dois. Tenho saudade disso, doutor. Quando vou para casa?... quando? quando? Quero ir para minha casinha de sempre. Doutor, não existiram aqueles que pediram castelos, mares, ilhas, jardins suspensos, planetas, cidades, impérios, estrelas cadentes, animais exóticos, e até a vida alheia? Eu só quero ir para casa, só isso, apenas isso. Será que é pedir demais?

[Preciso ir. Beije aqui. Amanhã estarei de volta. Durma bem...]

XXI. HÁ UM PASSARINHO

Ainda não sabia como conseguiu sair do choque e se pôs a correr. Foi como se algo o tivesse puxado para fora da casa. Talvez o instinto de sobrevivência. Era muito pequeno, sabia disso, mas durante muito tempo se culpou por ter corrido. Deixou a mãe e a irmã lá. Era difícil pensar nisso. Mas, Deus, o que poderia ter feito por elas? Aqueles homens estavam ensandecidos. Mesmo assim, se culpava. Até pensou em tirar a própria vida. Dormia pensando nisso, e acordava pensando nisso. Um inferno. Mas o fato é que correu. Quando viu, estava na mata escura. Era pequeno, mas conhecia aquela mata muito bem. Ele havia feito um esconderijo dentro de uma árvore. E ali colocado água, frutas, restos de comida. Os pais não sabiam desse esconderijo. Ele corria pra lá toda vez que eles brigavam. Ia também para seu esconderijo quando o pai demorava a chegar. Não era muito perto de casa, mas também não era longe. Podia ouvir a mãe chamando para o almoço. Quando os homens mataram o seu pai, logo correu para lá. Enfiou-se ali dentro e ouviu todos os gritos dos homens: "Bora, fedelho, aparece. Se não aparecer, vai ficar ainda mais escuro e frio, e os bichos vão te comer". Essas vozes nunca mais saíram da sua cabeça. Cresceram com ele. Ainda podia ouvi-las muito bem. Um deles agachou-se para tentar visualizar melhor dentro da mata. Apoiou-se nos joelhos e deslizou a cabeça para um lado e para o outro. Podia ver o punhal brilhando em uma das mãos daquele homem. Também viu o brilho nos olhos dele. O brilho do punhal e o brilho dos olhos eram uma coisa só. Gritaram a noite toda. Um brigando com o outro porque não o achavam. Enquanto ouvia os gritos, notou uma cobra deslizando pertinho dele. Achou que ela sentiu seu cheiro, pois desviara do caminho e veio em sua direção. Mas ele jogou uma pedra e ela logo se foi.

Era menino, mas não tinha medo de cobra, caranguejeira, escorpião, nada. Na fuga, dormiu várias noites na mata, caminhou até cortar os pés. Roubou leite, queijo, pão. Foi roubando. Tudo o que o pai dele não queria. Mas tinha fome, sede, frio, medo. Achou sapatos velhos, pegou lençóis e roupas dos varais. Dias e dias, andou por aí, à deriva, escondendo-se das pessoas, da polícia. Não sabia que o mundo era tão grande. Não parava de andar e ainda tinha mundo e mais mundo. Sujo, faminto, com os pés cheios de feridas, permaneceu andando. Foi picado por insetos, cobras. Adoeceu, recuperou-se, adoeceu de novo. Achou que ia morrer. Chorou várias vezes sob as algarobas, mangueiras, cajueiros. Orou sob um céu comido de estrelas feito lêndeas no pano negro do céu. Quis voltar, ah, quis entregar-se, morrer igual ao pai. Mas ficou. Resistiu. Continuou andando. O mundo não acabava nunca. Havia mais estradas que pessoas. Era o que achava. Mesmo que quisesse voltar, já não mais saberia o caminho de volta. Não tinha a menor ideia de onde ficava a sua casa. Pra cá? Pra lá? Ali? Acolá? Não sabia, não sabia.

Por fim, chegou a uma cidade. Havia uma feira enorme. Um mar de gente feito formigas devorando um inseto. Homens e mulheres gritando ensandecidos feito os pregadores às portas dos templos. Começou a andar por ali, indo e vindo. Estava perdido, exausto, também faminto. Não sabia se dormia ou se comia. Cansaço e fome. Precisava andar. Arranjar algo para comer e depois dormir. Ninguém daria mesmo por ele. Não se conteve, roubou um pão e logo foi pego. Não queria roubar. Já disse, o pai falou pra não fazer isso de jeito nenhum. Melhor seria morrer de fome. Mas estava faminto. O que custava? Tanto pão ali: quentinhos, redondinhos, lustrosos, escorregadios, saborosos. Um homem o segurou pelo braço e levantou a outra mão. Via que logo aquilo iria descer de jeito em seus lombos. Gritava, xingava. Até pensou em morder aquela mão velha e sebenta. Mas veio outro homem e pagou o pão. Por fim, soltaram-no. Mas, antes, xingaram-no muito de ladrãozinho. Ele não era ladrão, apenas estava com fome. Só isso.

O senhor que pagou o pão convidou-o para trabalhar com ele na feira. Ganharia algum dinheiro e assim não precisaria mais roubar. Era apenas por um tempo. Depois ele veria o que fazer. Entraria em contato com um orfanato, mas antes ele aprenderia algum ofício. O que acha? Perguntou-lhe. O homem era entalhador em madeira. Fazia animais, gente, coisas. O menino ficou com ele. Este deu-lhe casa, cama e comida. Era para o menino aprender o ofício, levar e trazer alguns recados como também entregar peças menores. Falou com a mulher. Depois enviaria o menino a um orfanato qualquer. A mulher concordou. Foi difícil se desfazer do fedelho quando, enfim, o pessoal do orfanato veio buscá-lo. Apegaram-se a ele como quem se agarra a um hábito. A mulher até chorou. O homem ficou casmurro e não armou a sua barraca durante algum tempo.

Depois, tudo voltou ao normal. Para toda ferida, um remédio. O homem e a mulher ainda foram visitar o menino uns dias. Levaram doces, salgados, pães, brinquedos. Mas depois, transferiram-no para a capital e o casal nunca mais ouviu falar dele. O que aconteceu foi que, depois de alguns meses, o menino fora adotado por um casal, um senhor e uma senhora de meia-idade. A mulher não podia mais ter filhos. O homem era mais velho que a esposa. Eles falavam estranho. Como se estivessem com a língua enrolada. Foi saber tempos depois que eram gringos. Era como os chamavam. De repente, ele havia saído da mata escura e estava dormindo em brancos lençóis, cheirosos macios feito enormes algodões. Seu sofrimento diminuiu, mas a culpa não. Como estaria sua mãe, suas irmãs?, perguntou-se durante alguns bons anos. Sonhava com elas. Ah, como foi duro saber muito depois que eles haviam sido mortos ali mesmo naquele dia. Ah, como foi duro saber que tudo ali já não mais existia. Estava tudo nos jornais. Uma família inteira assassinada. Não sabiam ainda onde o menor havia se metido.

Os gringos cuidavam dele. Mas ele só queria saber de pôr fim ao seu projeto. Gostava dos novos pais, mas não conseguia encontrar paz. Só pensava em matar os homens que mataram a sua família. Mas, com o tempo, a coisa foi amainando. Adormeceu nele feito um demônio que repousa o tridente na intenção de tirar um cochilo, mas despertando, vez em quando, só para se certificar de que ainda está ali, pertinho dele, e assim não perder de vista o seu grande desejo de sangue.

O tempo foi passando, porque tudo passa e não há muito o que fazer quanto a isso. E nos grandes buracos que a vida faz, devemos colocar algo dentro para que ela não desmonte de vez: estudou, fez faculdade, se formou, trabalhou. Mas ainda a culpa. Depois o seu novo pai morreu. Era mais velho que a esposa. Jantou, deu boa-noite a todos, foi dormir e da cama só saiu para o cemitério. Restaram ele e a mãe. E ainda a culpa. Anos depois, ela foi diagnosticada com uma doença de nome estranho, difícil de falar e escrever: Alzheimer. Aconselharam-no interná-la num asilo para idosos. No momento, ele ficou sem saber o que fazer. Depois não viu outro jeito. Não podia cuidar dela sozinho. Ela precisava de mais. Costumava vê-la toda semana. Sempre que chegava lá, tinha receio de que ela não o reconhecesse mais. Mas já da porta ela sorria, acenava, chamava por seu nome, então, ele também sorria. Enquanto ela não o esquece de vez, ele vai esquecendo de si mesmo. Ainda sente o gosto de sangue sob a língua quando pensa nos homens que mataram a sua família biológica, mas as pessoas vão perdendo o rosto, a fazenda vai ficando cada vez mais distante e a sua nova vida vai fazendo mais sentido que a antiga. Há ainda a culpa, mas ele sente que, dia a dia, ela vai desbotando feito uma roupa velha.

Depois de alguns anos, a mãe morreu. Ele herdou bens, não muita coisa, mas não precisava se preocupar com dinheiro. Pensou em Sula. Ela devia ainda estar viva. Era muito nova quando foi embora com o futuro marido, Demétrius. Sempre quis visitá-la antes, mas teve receio de que Demétrius estivesse mesmo envolvido na morte dos pais. Achava que não, mas, na época, não podia afirmar. Só muito depois viu que ele não estava mesmo metido nisso. Pensou também no homem da barraca na feira e sentiu vontade de vê-lo. Agradecer-lhe por tudo que fez. Se não tivesse pagado o pão, talvez não estivesse aqui agora. E foi ele quem o levou para o orfanato. E foi ele também quem lhe ensinou um ofício. Entalhar em madeira. E ele aprendeu bem. Está fazendo um entalhe que quer dar a Sula quando for visitá-la. Na peça tem o pai, a mãe, Sula, Nana e ele. Atrás deles há uma casa, pequena, um vão apenas, exatamente como era quando eles chegaram à fazenda de Demétrius. No canto, bem no cantinho, se Sula prestar bem atenção — e ele até já se imagina perguntando a ela: "E aí, notou alguma coisa?" —, há um passarinho.

XXII. UM DIA

Um dia, Tereza Cavalo bateu na porta entreaberta do escritório, botou a cabeça pela brecha e perguntou se podia entrar. Gostaria de um minuto de prosa. Estava tensa. Era visível. Sentou-se na cadeira que Demétrius indicou e ali caiu aos prantos. Tereza era mesmo durona. Sabia lidar com situações complexas: as intrigas entres os homens de Demétrius, as relações amorosas complicadas das mulheres da fazenda — que muitas vezes terminava em pancadas e até em facadas —, as barganhas difíceis, as perdas, as partidas de pessoas queridas, as negociações das necessidades da casa-grande, sim, navegava por isso, muitas vezes, sem vacilar um só momento. Firme que nem uma estátua de bronze. Mas quando se tratava de chorar — ela até que tentava não o fazer —, não havia a menor economia. Chorava mesmo. Talvez, com isso, conseguisse expulsar todos os seus demônios — ou quase todos —, adquiridos no curso de suas labutas e refregas diárias. E lá estava Tereza Cavalo chorando diante do patrão. Ele não sabia o que fazer. E como lidar com aquilo? Esperou. Depois de um tempo, talvez ainda matutando um jeito de começar tudo, Tereza enxugou os olhos vermelhos, assoou o nariz também vermelho, e arriscou as primeiras palavras: "Eu estou aqui há quanto tempo, vinte, vinte e cinco, trinta anos? Nem sei mais. Perdemos a noção do tempo quando ficamos muito num só lugar. Principalmente, quando gostamos muito dele. E se passamos mais tempo, fica ainda mais difícil de largá-lo. E vamos nos enroscando mais e mais nisso. Você me conheceu ainda moça, jovem, sei lá. E hoje sou esta velha. Bom, você sabe, há um tempinho que o senhor Afonso me corteja. Nem sei se ainda hoje se usa essa expressão, sei lá, ele quer me namorar, enfim, essas coisas que os jovens andam falando. O fato é que ele me pediu em casamento. Não casamento, casamento, sabe? Imagina, eu de véu e grinalda. Não. Nem consigo me ver numa situação dessa. Se tivesse de ser, subiria ao altar de gibão, você sabe. Bom, o fato, é que ele quer morar comigo, ou quer que eu more com ele. Estou atrapalhada, eu sei. Ele já está pra lá dos setenta e disse que a única coisa que quer é companhia. Alguém para falar, dividir as coisas, o dia a dia. Alguém até para brigar, contanto que seja a dois. Talvez até esteja gagá, diz ele, mas é o que quer realmente. E não há mais muito tempo para se arrepender, e, se se arrepender, já não importa, será um passo importante, e será o seu último passo na grande escada da sua vida. Um dia, reforçou: 'nem sexo, nem filhos, nem cobranças maçantes, apenas companhia'. Foi o que disse. Fato é que, se eu aceitar, irei embora daqui definitivamente, você sabe. E não costumo voltar ao passado. Estou pensando seriamente nisso. A cabeça não para. Por isso também vim conversar. O que o patrão acha?".

Era evidente que Demétrius sabia que Afonso, seu amigo de longa data, estava rondando Tereza Cavalo. Ele mesmo já lhe havia falado dos seus interesses, projetos e intenções em relação a ela. Também lhe havia pedido permissão para sondá-la. Até aí, tudo bem. Mas, sinceramente, não achou que daria em alguma coisa. Mas isso era apenas o que ele achava. Bom, talvez essa mudança tivesse mais a ver com Tereza do que com o Afonso. Afonso estava feito. Faltava só a última peça do quebra-cabeça da sua vida. E ele a queria agora. Na juventude, trabalhou muito, enriqueceu com o comércio de couro, peles, entre outras coisas. Tinha vários curtumes, lojas, vendedores. Nunca quis viver com alguém, nunca. Não que fosse um solteiro inveterado, um predador, não, longe disso. Na verdade, era aquilo que diziam sempre: "Só tinha tempo para os negócios". Ou "quem quer ganhar dinheiro não deve perder tempo com a vida". O tempo foi passando e, assim, envelhecera. Sem mulher e sem filhos. Era isso. Agora, dizia que estava cansado de falar consigo mesmo, com as paredes, com a própria sombra. Estava mesmo cansado de almoçar sozinho, jantar sozinho, falar sozinho, tudo sozinho, mas também não queria sair por aí procurando alguém. Não tinha mais idade nem disposição para isso. Até achou que iria mesmo morrer sem ninguém, aí, apareceu Tereza. E logo de início tudo deu muito certo. Compatibilidades, interesses, tudo.

Demétrius ainda estava com os dois braços esticados e as pontas dos dedos das duas mãos feito aranhas sobre a escrivaninha, os olhos em cima de Tereza. Não era um olhar de surpresa, de alegria, tristeza, não. Era talvez divagação sobre a verdadeira fórmula de como se lidar com uma situação assim. E quantas vezes ele se viu em meio a algo parecido? Não muitas, é certo, mas sabia das urgências dos amores, das perdas, rejeições, expectativas, inseguranças. Porém isso era a sua vida. Sobre a vida dos outros, o que poderia dizer, fazer? Até procurou alguma coisa flutuando na cabeça, tentou lembrar-se de frases de alguns livros que lera, vasculhou as paredes pra ver se tinha anotado alguma coisa importante ali, mas o fato é que não havia nada mesmo. Era ele e Tereza, e só. Então, dirigiu-se ao grande armário de mogno do escritório e de lá retirou um licor dos bons, pegou duas tacinhas, encheu uma delas, deu-a a Tereza, encheu a dele e lhe propôs um brinde. Ela, segurando a tacinha, ainda tentou sorrir, mas logo enxugou os olhos novamente, marejados. Fizeram tim-tim, ela tomou um gole, tentou sorrir, mas chorou de novo. Demétrius encheu novamente as tacinhas e disse-lhe que não entendia o que era mesmo a felicidade. O que achava que entendia era que as pessoas podiam continuar tentando encontrá-la. Era nobre. Mesmo que em alguns momentos enfiemos os pés na jaca, não importa, temos de tirar o pé de lá e seguir de novo, em frente. O erro também serve como ferramenta para as soluções dos problemas da grande máquina da vida. Muitas vezes, só essa aperta os parafusos corretos de forma correta. Queiramos ou não. Ele errou muito, mas aprendeu muito também. Os erros ajudaram-no nos acertos que conseguiu logo depois. É assim. Disse tudo isso como se estivesse falando para uma irmã. O que, na verdade, era o que acontecia. Então desejou-lhe sorte e, mesmo sabendo que ela não costumava voltar ao passado, reforçou que as portas estariam sempre abertas. Ele sabia que ela, com o trabalho na fazenda, havia feito um pé de meia, mas reforçou que, se precisasse de algo, de algum dinheiro, o que fosse, podia contar com ele. A fazenda Luzia não estava lá em seus melhores momentos, mas acertaria tudo com ela e daria ainda — fazia questão — mais uma boa quantia como presente e gratidão por tudo que fez pela fazenda e por todos eles ali durante todo esse tempo. E que viesse buscar mais caso precisasse. "Aceite e seja feliz", concluiu. Depois, encheu as taças novamente, brindaram novamente e ela chorou novamente.

XXIII. E ELE ESTAVA NO CÉU

Demétrius conversava com Afonso, enquanto Tereza orientava alguns homens que o patrão tinha designado para ajudá-la na mudança. Tereza ia embora. Aceitara o pedido de Afonso, e ele estava no céu. Tinha mandado pintar o cabelo, o bigode. Não estava um rapazinho, mas conseguira derrubar ali alguns bons anos. Sabia como eram essas coisas do amor. Quando encontramos alguém, repassamos a nossa vida. E, se percebemos alguma coisa negativa que pode ser eliminada, a eliminamos. Se não pode ser eliminada, passamos algumas demãos de tinta e seguimos em frente. Mas o mais importante não é nem essa faxina estética, mas a força que adquirimos — quando encontramos alguém com o qual verdadeiramente nos identificamos — para pô-la em curso.

Afonso tinha trazido uma caixa de um bom vinho para Demétrius. Agradecia-lhe imensamente e pedia, encarecidamente, que lhes fosse visitar uma hora dessas. Tereza estava agitada, nervosa. Irritava-se facilmente com os homens. Eles já estavam acostumados, gostavam dela, sabiam como era. Praticamente todos, de uma forma ou de outra, dependiam dela. Era com Tereza Cavalo que eles falavam quando precisavam de um dedo de prosa com o patrão, era ela que oferecia sempre algo quando um deles chegava: "Vai um café, um bolo, uma cachacinha?". Geralmente não precisava disso, pois tudo ficava sobre a mesa. Quem chegasse, era só pegar. Porém, às vezes, ela via que um ou outro ficava intimidado, sem jeito, encabulado, e aí ela oferecia. Eles a adoravam. Todos conheciam a história do cavalo, mas aquilo foi sumindo no tempo e alguns até já duvidavam se realmente havia acontecido. Para eles, Tereza Cavalo era uma empregada, sim, como eles, sabiam disso, mas ela era diferente. Era especial. Era uma presença forte na casa. Quando ela precisava ir à capital e ficava uns dias por lá, a casa-grande parecia um corpo sem alma, sem vida, silenciosa demais. Com Índia era diferente, era a mulher do patrão, era uma coisa à parte. Era gente boa demais. Um coração do tamanho de um mundo e meio, mas era caladinha, não se metia em nada, nem nos rolos do patrão, nas conversas dos homens, nada. Passava a manhã toda conversando com a arara. Até já tinha ensinado várias músicas à ave, e as duas, no café, todas as manhãs ou no final das tardes, cantavam sem parar, felizes e desafinadas. Todos os dias, Índia ligava o rádio e, rodopiando pela casa, acompanhava as músicas e a ave vinha junto. Muitas das vezes, Demétrius estava no escritório, escrevendo algo, e logo parava, a caneta suspensa em uma das mãos, e ficava ouvindo as duas. Quando Índia dizia que a arara havia errado a letra da canção, a ave ria como uma velhota desdentada. Aquela risada aquática, rasgada. Essa era Índia, e os homens também a adoravam, exatamente assim, como ela era. Então, o fato é que eram duas mulheres completamente diferentes uma da outra, cada uma no seu jeito autêntico de ser. Com Índia, eles não tinham o acesso que tinham com Tereza. Primeiro, por respeito: a primeira era casada, e depois porque Índia não dava muito espaço. Era o jeito dela. O seu e só seu mundo silencioso. Eles também respeitavam Tereza, evidentemente, mas com ela era outra coisa, dado que eles nem faziam força para entrar no mundo dela, porque ela entrava no mundo deles. Transitava nesse espaço masculino com muita desenvoltura. Conhecia os códigos, o linguajar, os temas, os humores. Vez ou outra, quando estava mais solta, pitava os cigarros dos trabalhadores. Com humor, arrebatava-o da boca de um deles, dava um ou dois tragos fortes e, então, logo o devolvia. Até chegava a fazer piada com uma coisa ou outra, ali, no meio dos homens. Só faltava mijar junto. Era o que os homens diziam. Tereza era um campo aberto e sólido, eles sabiam que podiam palmilhar. Em resumo, ela era mesmo uma divindade para eles. Só não sabiam o que era isso, mas era sim. No coração simples deles, ela ocupava um espaço imenso. Claro que havia os que não tinham mesmo jeito. Nascidos perdidos, perdidos permaneceriam, mas a maioria era de homens calejados que enfrentaram muitas dificuldades na vida — muitos tiveram de refazer a trajetória devido a reveses, intrigas, brigas, traições e até assassinatos, na maioria das vezes por coisas banais: uma incompatibilidade com alguém, uma aposta que não conseguiram pagar, um olhar enviesado sobre uma mulher de um outro, álcool, jogo e sabe-se lá mais o quê. Mas lutaram, insistiram, persistiram e acabaram mesmo retomando as rédeas da vida, como assim faziam com os bois brabos da fazenda. Estes homens não tinham eliminado todos os seus demônios, é certo — e quem consegue? —, mas já tinham, pelo menos, conseguido colocar cabresto na maioria deles.

Tereza estava mesmo irritada demais nesse dia. Afonso, caminhando sobre as nuvens, e ela, pisando em pregos. Isso não queria dizer que estava infeliz, não. Demétrius a conhecia bem. Estava só agitada com a mudança. Afinal de contas, havia permanecido muito tempo na fazenda. Essas mudanças são sempre muito complicadas. E outra: muito tempo sozinha, sem um companheiro, agora, de repente, tinha um.

Ela apontava isso, aquilo outro, às vezes falava de forma mais ríspida, rápida, os homens não entendiam, então, perguntavam de novo, e aí ela dizia que eles estavam ficando surdos. Pedia-lhes para que fizessem uma coisa, depois mudava de ideia. "Levem isso, não, isso agora não, isso aqui, não, aquilo". Estava mesmo inquieta com todas essas mudanças.

Havia um carro grande, com um motorista, de uma das lojas de Afonso, e este, veio na Rural Willys, dele, aonde iria com Tereza, confortavelmente. Mais alguns detalhes e tudo estaria resolvido. Tereza já conseguia respirar e notar o mundo a sua volta. Olhou Demétrius algumas vezes como se pedisse desculpas pelo transtorno. Ele ainda perguntou se ela precisava de mais alguma coisa. O que os homens ainda poderiam fazer? Ela agradeceu. Tudo estava sob controle agora. Até riu. Ele ficou por ali, conversando ainda com Afonso. Dissertavam sobre o mercado, o comércio, o gado, as fazendas, os fornecedores, o passado, o presente, o futuro da economia, o governo, os investimentos, o que deveriam ou não fazer sobre isso e aquilo outro. Assuntos que ninguém ali, afora os dois, entendia.

Assim que colocaram todas as coisas, o motorista fechou as portas do furgão num som rouco e profundo como o de um velho navio abandonado, como uma baleia agonizando. Depois, encostou-se no carro e acendeu um cigarro enquanto todos se despediam. Demétrius havia apertado inúmeras vezes a mão de Afonso, já tinha dado recomendações diversas aos homens para isso e aquilo quando Tereza veio falar com ele. Vinha, enfim, se despedir. Ela sabia que tinha de ser lacônica. Demétrius detestava despedidas. Ela o conhecia bem. Olharam-se por um tempo. Como ela não falava, ele ficou sem jeito e perguntou novamente, se faltava alguma coisa, se precisava de algo mais antes de partir. Ela disse que não. Estava tudo certo. Riu, quis chorar, olhou a casa, olhou a fazenda, olhou na direção do rio, olhou os homens, olhou a casa de novo e voltou-se para Demétrius. Parecia querer guardar tudo no olhar como as crianças guardam os brinquedos em uma caixa. Agradeceu de novo. E reforçou o convite de Afonso: "Venha nos visitar". O patrão desejou boa-viagem e depois liberou-a para que os homens e as mulheres pudessem se despedir. E isso foi difícil porque não tinha mais fim. Algumas mulheres choravam muito. Oh, quantas e quantas vezes Tereza lhes havia tirado de apuros. Vezes em que algumas, assustadas, chorando, corriam para ela porque o companheiro havia bebido além da conta e queria, com socos e pontapés, descontar as mágoas do mundo, entre outras coisas, no corpo delas. Tereza não gostava de se meter. Tentava seguir à risca os velhos ditados de sempre, mas, em alguns casos, a coisa era mesmo pesada. Então, não havia outro jeito, ficava com elas ali, sob sua proteção, até a poeira baixar. Nesse meio tempo, para elas, dizia que deviam parar de tentar mudar os companheiros apenas com orações vazias. Com isso, só iam mesmo estragar os joelhos e criar calos nos lábios. O que precisavam de verdade era mudar de vez: que os largassem, arranjassem outro homem ou mesmo que fossem tocar a vida sozinhas. Em alguns casos isso era até melhor. Já para os homens, dizia que precisavam parar de bater na companheira, na mãe dos filhos deles. Isso não é certo. Não é coisa de homem de verdade. Então, eles, cabisbaixos, iam de um lado para o outro, pesados, chapéu no peito, como num ato de contrição, mas não prometiam nada. Calados chegavam, calados ouviam, mudos saíam. A vida seguia: às vezes, paraíso, noutras inferno. Eram as primaveras e os outonos de cada um. O de sempre. Estes mesmos homens que Tereza, vez em quando, puxava as orelhas, estavam ali. Diferentemente das mulheres, tentavam esconder as emoções, mas podia-se ver que também choravam. Tentavam disfarçar da mesma forma que, quando, tímidos, ocultavam, com a mão grande e calosa, a boca sem nenhum dente.

Demétrius foi para o escritório quando todos já tomavam seus lugares nos carros. Ficou lá, parado no meio do seu mundo de negócios. Não havia Índia nem padre Rufino, agora não haveria mais Tereza. A primeira, num entra e sai de hospitais. Nunca mais fora a mesma depois que perdeu o bebê e os pais morreram. Uma derrocada só. O segundo fora transferido para uma outra paróquia, em outra cidade, longe. Ocasionalmente, escrevia ou ligava, mas nada se comparava às longas conversas que tinham frente a frente, regadas a um bom vinho. E as cartas e as ligações iam rareando cada vez mais e mais. Agora, Tereza partia de vez. Pensava enquanto olhava pela grande janela, de onde podia divisar parte da fazenda: a entrada principal, o velho cajueiro, um pedaço do grande curral. Por ali via todos os carros, pessoas que entravam e saíam da fazenda. Mais à frente era o acesso à grande estrada e, seguindo por ela, o caminho para a capital, outras cidades, e depois dali, o mundo. O velho e novo mundo de sempre que não acabava mais. Ouviu o barulho dos motores, também gritos, viu a Rural com Afonso e Tereza Cavalo, na sequência, o caminhão. Algumas mulheres tentavam pegar na mão dela como beatas querendo tocar a mão de uma santa. Meninos barrigudos penduravam-se nos paralamas dos carros. Eles também adoravam Tereza. Demétrius olhou todos ali enquanto Dão, enxugando as lágrimas, abria o grande portão. E lá se ia Tereza. A vida não sossega nunca. É o fogo nos fundilhos. Tudo muda, tudo muda, tudo muda. É a voraz impermanência das coisas, Demétrius divagava, o coração acelerado. Era um homem forte, mas havia coisas que não eram simples de se lidar, como um longo cordão emaranhado no qual já não discernimos mais as pontas. A vida é um cordão assim.

Mesmo depois de um tempo que todos se foram, e ficou um silêncio, cortado vez em quando por um mugido, um latido, um canto de um bem-te-vi, um rouxinol ou um impacto de uma fruta que caía, Demétrius ainda permaneceu um longo período em pé, parado, olhando a estrada vazia de tudo.

XXIV. OUVIDOS DE FELINO E BOCA DE CACHALOTE

Até quando podemos abafar o nosso choro, ocultar a nossa existência, amordaçar os nossos passos nos pedregulhos, conter os nossos augúrios, nossos infortúnios, nossas dores? Até quando? Cronos, o caçula dos Titãs, está velho, curvado, mas não morre nunca, e não há quem tire a foice da sua mão engelhada. Ele possui ouvidos de felino e boca de cachalote. Ó Urano! Ó Gaia!, o que tinham em mente e no corpo quando geraram esse ser cruel e impassível? Esse inimigo do homem. Dão morreu de uma picada de cascavel. O netinho estava chorando porque a bola de meia e areia correra para debaixo do arcaz, Dão foi resgatá-la e a cascavel estava lá. Depois da picada, a cobra saiu serpenteando fragilidade e, rápida, foi-se esconder na mata feito um Sansão a esperar que os cabelos crescessem novamente. Naquele momento, não carregava mais os mesmos argumentos sedutores e eficazes que um dia ditara nos ouvidos de Eva. Que solidão! Que solidão! Que ironia! Que ironia! Mas era apenas o destino de sempre, com todos os dentes, rindo dos nossos anseios banguelas.

Nem bem as botas dos homens secaram a lama vermelha do cemitério e seus chapéus suados foram postos nos cabides, Drigo morreu de câncer de próstata. Magro que nem um varapau, foi-se, a gritar palavrões, no barco do carrancudo Caronte. Partiu de punhos cerrados, amaldiçoando os sadios: "Cabrão! Puta! Vagabundo! Vaca! Corno!". Mesmo já quase sem forças, ainda arriscava ímpetos mancos de levantar-se da cama e ir atrás das velhas ferramentas de guerra para, assim, correr para a sua lida de sempre. Ela estava nele feito o suor no corpo. Mas, percebendo a impossibilidade, gemia e logo voltava ao leito como se, agora, desconhecesse o mundo que, num fino fio, ainda habitava. "Hein? Hein?", aturdido, repousava a cabeça num gesto doído como se o travesseiro lhe queimasse o juízo. Fechava os olhos e já não parecia mais estar no mundo. Definhava feito uma árvore podre, feito um cão sarnento ferido de morte, um homem vazando a vida. Pobre Drigo! Pobre Drigo! Seu bordão era: "Por que eu? Por que eu? Tanto cabra safado no mundo. Por que eu? Por que eu?". Depois que ele se foi de vez — dizem os homens, as mulheres, e até as crianças —, ainda era possível ouvir o eco desse bordão doído e sem resposta dentro da casa, cruzando a noite, varando a mata, rodando nos lampiões, subindo ao céu.

Demétrius contratou e demitiu homens. Não se faziam mais trabalhadores como antigamente. Os buracos deixados pelos anteriores eram grandes demais para ser tapados por homens pequenos demais. Estes, logo que recebiam o primeiro salário, desapareciam feito bolinhas de sabão, vira-latas magrelos fugindo sorrateiros com um naco de carne podre entre os dentes, rosnando ingratidão. A fidelidade era uma carta anônima dentro de uma gaveta bolorenta. Demétrius sentia mesmo a falta dos seus camaradas, assim como uma pessoa sente a necessidade das mãos numa oração ou das pernas numa longa caminhada. As amizades antigas eram como sombras frescas num dia de sol a pino, como um rio que dá vau, como uma conversa boa num final de tarde, cheirando a café e palheiro.

Dias ligeiros nascendo e morrendo. Lua e sol aparecendo e sumindo, um quase esbarrando no outro feito bêbados, juntos, voltando para casa. Na velhice, tudo fica mais lento dentro do velho, mas fora dele tudo corre veloz. Cada gota que cai da xícara do tempo é um dia que se vai, é um remédio que não se toma, é um uma eternidade que o chão sedento lambe com sua língua de serpe.

A fazenda era como uma foto que, aos poucos, desbotava. Estava ali, passiva feito um penitente em seu jejum. O grande cajueiro, antes um guerreiro vigilante, enfim, depunha sua espada, seu escudo e dobrava-se às picadas silenciosas e devoradoras dos cupins. A moenda ia em sua tosse de tísico. O que fazer? O que fazer? O que fazer? Os cachorros até parecem que não latem, os pássaros até parecem que não cantam. Os homens até parecem que não falam. Era a mudez dos trilhos sem trens, das casas sem gente. Assobio de vento pelas frinchas do tempo.

Por aqueles dias, apareceram alguns homens da capital. De dentro dos seus ternos, de longe, apontavam coisas aqui, ali, acolá. Riscavam os dedos no ar feito diabos rabiscando pragas no vazio. Depois, em gestos empolados, iam-se olhando sob os sapatos e espanando as roupas novas, bem-cortadas, de vincos afiados que nem facas. São os engenheiros, os engenheiros, os doutores, os doutores. Homens de vocabulário difícil e anseios de guindastes. Olham para os lados, para cima, para baixo como se constantemente medissem o mundo. Adoram destruir para, logo em seguida, construir feito crianças geniosas quebrando os brinquedos velhos para ganharem outros novinhos. "É o progresso! O progresso!" "São os novos tempos! Os novos tempos!", eles diziam num afã de unhas bem-cuidadas. Até parecia-nos que estavam falando dos preparativos da nova vinda do Salvador. Ó Cronos! Ó Cronos! Ser sempre muito ruidoso: *zunzunzum*. As coisas iam mesmo mudando de lugar, assim como as mulheres, vez em quando, trocavam os móveis da casa de um canto para outro e batiam os seus colchões, os seus lençóis, escancaravam as portas e janelas, chacoalhavam suas vidas.

Talvez amanhã, talvez amanhã. Oh, a esperança é um bicho que muda de cor?

Ora, para se tocar um grande navio no mar turbulento, traiçoeiro, precisamos também dos marinheiros. O capitão sozinho não dá conta. Como pode, a um só tempo, estar no convés e no tombadilho? Como pode cuidar do molinete, dos botes, da bujarrona, do gurupés, dos tubarões, assim, tudo de uma só vez? Como estar a barlavento e a sotavento para, num dado momento, observar o céu — pele de seda que, geniosa, oscila entre o azul, o cinza, o negro — e, ao mesmo tempo, conferir o mar? — peito arfante do guerreiro tombado no campo. — Não dá, não dá. O capitão também não pode se fechar todo o dia na cabine para pitar o seu velho cachimbo de guerra. Isso só é prazeroso quando o dia está ganho.

Ah, camaradas, por que a pressa? Ciço estava velho demais. Arrastava-se feito um rinoceronte moribundo. Vai em seus passos cambaleantes de gordo velho, manco. Além do mais, estava com uma surdez parcial. Demétrius ficava louco e rouco toda vez que precisava lhe ditar um serviço. Sem contar que esquecia logo em seguida o que o patrão acabara de lhe incumbir. "Hein?".

Azulão, seu cavalo de guerra, já velho e doente, numa manhã, foi-se de vez, em seu trote elegante e dócil, pelos confins das matas celestiais. Foi beber a água sagrada no grande rio da grande travessia. Foi seguir a trilha definitiva. Cruzar a linha. Podia imaginá-lo, descansando da longa viagem, enquanto, solitário, olha paragens nunca vistas até então. Ê, Azulão! Nas últimas horas do animal, ele, na coxa de Demétrius, deitou aquela cabeça enorme, pesada, azulona. Oh, aqueles olhos doídos. Ali, pertinho daquelas orelhas murchas, baixinho, cantou acalantos em falsetes desafinados, em baixos embargados, como um homem apaixonado e comovido faz para sua amante, na alcova, nas terríveis horas do derradeiro desenlace. Ah, a dor que estraçalha e a obrigação de manter-se firme para não dar mau exemplo, não passar vergonha. Lágrimas que caem para dentro, ocultas, aos borbotões. Era um homem forte, mas nem tanto. Forte mesmo era aquele que chorava sem medo dos tribunais pontiagudos nos olhos dos outros, avaliava Demétrius.

Índia seguia em sua sina asséptica, branca, cheirando a álcool e desinfetante. Olhos pregados nas janelas para o nada. Ufa! Ali estava Demétrius, em pé, mirando longe, por sobre as copas das árvores, resvalando no céu, mas era como se, na verdade, estivesse contemplando a imensidão de si mesmo: a mata escura, as folhas murchas, os galhos secos do seu passado. Pensava em tudo, em todos. Sobre a grande e solitária mesa de mogno — feito uma mãe chorando a ausência dos filhos — estava a proposta de compra da fazenda. Proposta que ele não pretendia ler e, muito menos, assinar, apesar de tudo. Ali também o último relatório médico. Já o havia lido inúmeras vezes como se, nas linhas, nas entrelinhas, na frente, no verso, ou sabe-se lá onde mais, pudesse encontrar indícios da tão almejada cura de Índia. Ah, amanhã iria visitá-la, e era bom, e era bom. Afora isso, tudo o mais parecia caminhar para a bocarra sedenta, para os caninos afiados do sempre e faminto destino de tudo. De algum lugar as coisas saem, para algum lugar elas retornam. Não é assim? Ó Tempo! Ó Tempo!, ser irascível, sem coração, segurando-se no trono feito um usurário preso a sua avareza, feito a ferrugem no ferro, a maresia nas coisas. Ser cruel que, aos poucos, vai dobrando os nossos joelhos, calando a nossa voz, tapando os nossos ouvidos, murchando a nossa vontade, declinando o nosso pescoço para, com sua foice precisa e afiada, enfim, desferir o golpe fatal.

XXV. ESTÁ À VENDA?

Demétrius estava se sentindo bem. Havia se barbeado, se perfumado. Nesse dia completava setenta anos. A vida como sempre muito rápida. Lembrava-se dos seus trintas anos como uma roupa que usara e a deixara sobre a cama. Devia ainda estar com o seu cheiro, o seu calor. Agora setenta, num piscar de olhos. Ufa! Índia apresentara alguma melhora. Ele a visitara ontem, iria vê-la novamente na manhã seguinte. Apesar de tudo, ela parecia melhor do que da última vez. Por essas e por outras, pelo caminho, veio assobiando e assim chegou:

"Tarde."

"Tarde", respondeu o velho Manin e foi enchendo o copo do amigo. O de sempre. Ele já sabia. Demétrius olhou o velho colocando a cachaça. Manin fazia isso há tantos anos — encher o copo dos sedentos ali, ao balcão — que parecia que o copo é que enchia a garrafa, e não o contrário. Gostava, vez em quando, de ir ter com o velho. Eram amigos de longa data. Proseavam de tempos em tempos. Demétrius olhou o relógio, mais como hábito do que a preocupação com o tempo. Naquele dia não estava nada preocupado com horários. Enfim, vendera todas as suas terras, a querida fazenda Luzia. O dinheiro já estava na conta. Ia agora morar numa casa menor assim que Índia saísse do hospital. Ela vinha sofrendo muito com a doença. Poucas foram as vezes em que passou em casa. Ficava uns tempos e logo voltava para o seu martírio branco cheirando a álcool. Sim, uma verdadeira *via crucis*, mas ele acreditava que ela poderia sair dessa de uma vez. Preferia acreditar nisso. Bom, estava na hora de mudar de vida. Cansou-se de ser fazendeiro, além do mais, muita coisa mudou, o mundo mudou.

Após olhar o relógio, encostou-se no balcão como se dali não fosse mais sair. Tomou uma talagada, fez careta e pediu outra. Assobiou, mordeu um torresmo, lambeu os dedos, e o copo estava cheio novamente. Foi quando viu um jipe parado lá fora: "Jipe bonito, hein? Sabe de quem é? Está à venda?", perguntou ao velho Manin. Mas o outro velho, em sua lentidão também velha, estava entretido com outro freguês velho, então, a resposta veio de uma outra voz, lá do fundo da mercearia: "Vendo sim. Interessado? Quer dar uma volta? assim, conhece melhor o bichinho e quem sabe, combinamos. O que acha?", disse o dono da voz. Demétrius não respondeu logo no primeiro momento nem olhou para o homem, apenas ficou ali olhando o jipe com um filme passando em sua mente. Lembrou-se de que tivera dois de uma vez. Nem se lembrava mesmo que fim levaram. Estavam tão velhos, sofridos de tanto uso. Talvez tenham ido para o desmanche. Não sabia dizer. Esquecera-os completamente. O pai também teve um. Gostava mesmo de jipe. Mas como estava sempre ocupado com uma coisa ou outra da fazenda, andou muito pouco neles. Geralmente eram seus homens que viviam pra cima e pra baixo nos bichinhos. Aquele era bonito, hein? Novo. "E quanto tá pedindo por ele?". Por fim, Demétrius perguntou, mas ainda sem olhar para o homem. "Quase nada. Tô apertado e pensando em mudar de vida. Quero ir para outro Estado, outro mundo, tentar outras coisas, bem longe daqui. Sou da capital". Disse o outro ali. "Entendi. E o que faz por aqui?". Demétrius perguntou-lhe. "Vim visitar familiares, amigos". Respondeu o outro. Demétrius ficou ainda um tempo em silêncio. Não parecia analisar a sugestão do dono do jipe, apenas divagando em seus pensamentos. Consultou o relógio, e depois, por fim, olhando para o outro homem, perguntou-lhe: "Posso mesmo dar uma volta?". O outro, animado, não abriu a boca, apenas sorriu e logo jogou a chave para Demétrius. Desceram a calçada: o outro num lance só, e Demétrius se segurando aqui e ali. O homem logo tomou o banco do passageiro e Demétrius já foi se ajeitando no do motorista. Ligou o motor, e ao ouvir o som, sorriu. O dono do jipe sorriu com ele e acrescentou: "Motor excelente. Novinho". Logo estavam deslizando pelas ruas. Os dois elogiando o carro. "Não, nada de oficinas, nem batidas, nada disso. Tá novo, pode ir vendo". Falava o outro. "É, tá equilibrado, anda bem, firme, sem ruídos". Reforçava Demétrius. Entraram aqui, acolá. Subiram, desceram ladeiras. "Forte". Acrescentou novamente Demétrius. "Sim, sim". Reforçava o homem. Depois ficaram em silêncio.

Demétrius olhou o relógio, não conseguia mesmo abandonar este hábito. Às vezes, olhava e nem via as horas. Então, perguntou: "Você falou que veio visitar amigos, familiares, certo? E quem são eles? Moro aqui há muito tempo, quem sabe eu os conheça". "Hum, não sei. Pode ser, pode ser. Amigos e gente da família que moram lá pelas bandas da fazenda dos Pereira", disse o homem. "Conheço os Pereira. Já vieram muito às minhas festas. Mas isso faz tempo. Hoje não tenho mais por que fazer festas. Muita coisa mudou. Minha mulher está no hospital. Melhora, piora. Uma verdadeira gangorra dos diabos. Está nisso há muitos anos. É doentinha. Talvez volte para casa, talvez não. Depois de anos, resolvi vender a minha fazenda. Cansei dela. Penso que tentar mantê-la seria o mesmo que sair à caça da grande e solitária baleia branca. Enfim, chegou energia elétrica, por isso, vão fazer um grande hotel lá. Até porque a antiga estrada vai ser uma grande rodovia logo, logo. Aquilo vai ficar muito movimentado, viu? Não sei se os novos moradores terão o mesmo sossego que eu tive por esses tempos. Como disse, muita coisa mudou. Estou morando lá só por algum tempo. Eu e uma velha arara. Só até saber se minha mulher vai voltar pra casa. Mas como disse, não é certo, ela melhora e piora. De qualquer forma, vou morar na capital, numa casa boa, mas menor. Boa o suficiente para mim, minha mulher e a arara. Bom, faço setenta anos hoje, e setenta anos não são setenta dias. Mas ainda estou firme. Olha, este jipe é realmente bom, viu? Já estou gostando dele. Você ainda não disse o preço. Veja um valor, pago à vista. Agora penso que terei mais tempo para sair com ele por aí. Tive dois, mas não tinha muito tempo de apreciá-los. Não sei se já lhe disse. Parece que nunca podemos ter tudo, né?", concluiu Demétrius. "Sim. É verdade", afirmou o outro. "Vou entrar aqui. Vamos vê-lo numa estrada mais difícil". Sugeriu Demétrius. "Olha, você disse que mora na capital. E o que faz lá?", Demétrius mantinha a conversa, que ia boa. "Ah, faço de tudo um pouco, sabe? Saí de casa muito cedo para tentar a vida, tinha uns treze pra quatorze anos. Tive alguns contratempos quando eu era mais jovem. Às vezes, damos o azar de cruzar com pessoas que pensam que são os donos do mundo, sabe? Aí, nossa vida desanda. Mas também eu não era uma pessoa muito certa, viu? Na minha juventude, eu odiava o mundo. Sei que todo jovem odeia, mas eu odiava além da conta. Não queria nada com nada. Pelo menos era o que as pessoas diziam de mim. Vai ver era verdade. Foi quando aconteceu uma coisa que mexeu muito comigo. Então, pra não fazer besteira, fui embora. Fui pra longe como quem quer ficar distante do diabo para não acabar parecido com ele, entende? Mas aí a coisa fica martelando, martelando como se você estivesse longe, muito longe do diabo, mas permanecesse amarrado a sua longa cauda, e aí, ele desse, vez em quando, umas puxadinhas, sabe? Então não adianta muito. Bom, deixa pra lá, como dizia, fiz de tudo um pouco. Fui vendedor, cobrador, engraxate, varredor de rua. Mas aprontava muito, sei lá, é uma comichão que nasce com a gente ou acabamos pegando da vida. Vai saber. Por último... por último, é... estive...

preso. Saí e ao invés de procurar um outro rumo... entra nessa rua aqui, ó, lembrei que preciso pegar um documento. É rápido", pediu o homem. "Aqui?", perguntou Demétrius. "Sim. Então, como dizia, se quer mesmo saber", continuava o homem, "ao invés de seguir com minha vida, ou seja, procurar um trabalho, me aprumar, casar, ter filhos, sei lá, resolvi visitar essa coisa que mexeu muito comigo quando eu era ainda um magricela pálido e sem rumo. Resolvi responder às puxadinhas do diabo", concluiu. "Sim, mas que coisa é essa?", insistiu Demétrius. "Ah, quando eu tinha uns quatorze anos, roubei umas coisas. O dono soube e o negócio ficou feio pra mim. Eu sabia que não era certo roubar. Não foi isso o que meu pai me ensinou. O velho era bom, honesto, decente. Que Deus o tenha. Ele sempre me aconselhava, filho, tome tino, cuidado com as veredas escuras, ore, peça a Deus, conforte-se Nele. Demora muito para se construir um caráter, mas para derreá-lo só é preciso um fio de bigode. Era isso que ele me aconselhava. Mas aprendi também que conselho é que nem carta nas mãos de analfabeto, né, não? E outra, eu devo ter puxado a algum sangue ruim da família. A gente sempre tem um assim, sabe? Encontrei uma pessoa, uma vez, lá na capital, que disse que na família havia sempre um membro que era um orgulho e um outro que era uma verdadeira decepção: ou seja, ele disse que tinha um irmão que era padre e um outro que deu pra ser bandido. Padre é que não sou", concluiu o homem. Riu. "E o que você roubou, posso saber? Que mal lhe pergunte", curioso, Demétrius perguntou-lhe. "Roubei umas galinhas. E como disse, o dono soube. Mas não soube logo não. Roubei muitas, muitas galinhas. Aí, peguei gosto pela coisa. Ó, agora entra aqui, isso, tá perto já, viu? A rua é deserta, mas tudo bem, conheço o pessoal todo aqui". Disse o homem.

Demétrius olhou para o relógio e agora ele viu as horas. Precisava já resolver isso, quem sabe comprasse mesmo o jipe. Lembrou-

-se de que amanhã iria ver Índia. Gostava de pensar que iria vê-la. Esperava encontrá-la melhor. Era difícil, mas queria acreditar nisso. "Então, continuando, o dono só foi notar quando eu já tinha roubado quase o galinheiro inteiro, depois roubei um porco, cabras, carneiros, galinhas de angola e por último... roubei um cavalo, uma vaca e um touro. Um touro lindo. Deu até pena vender o bicho. Mas roubei muitos e com gosto. Roubava-os e depois os vendia. Qualquer preço, que era pra vender logo. Se os homens do dono não tivessem notado, teria roubado a fazenda inteira", prosseguia o outro. Demétrius segurou-se mais firme no volante. Ajeitou-se na cadeira. O homem ia falando: "Mas notaram e, como disse, a coisa ficou feia pra mim. O dono mandou seus homens baterem em mim até dizer chega, e olhe que isso demorou. Apaguei, depois acordei. Depois me amarraram. Até aí não chorei, gritei, nada. Tenho o sangue ruim, já disse, né? Então, com aquele sangue podre deles, me disseram: 'Olha, vamos poupar uma das mãos, só uma, mas vamos arrebentar a outra, a pecadora' — todos aqueles homens riram — '... que é pra você não esquecer do que fez, que é pra você não esquecer o que é seu, se é que tem alguma coisa, e o que é do outro, entende? E aí, você é destro ou canhoto?', um deles me perguntou, depois de desamarrar as minhas mãos". Demétrius permanecia em silêncio. "No primeiro momento, fiquei sem responder. Mas o coisa ruim lá me disse que, se eu não respondesse, ele iria esmigalhar as duas mãos de uma só vez. Foi quando respondi: sou canhoto, sou canhoto. Então, com uma marreta, esmigalharam todos os meus dedos dessa mão, a mão inteira. Foi aquele Bitonho de merda. Mas a verdade é que sou destro. Lembra de Neco, patrão, o Neco Lata?", perguntou o homem.

Nesse momento, Demétrius meteu o pé no freio e já foi tentando abrir a porta, mas o homem deu-lhe uma punhalada nas costas e depois mais outra. Com as duas punhaladas, Demétrius, mesmo com dificuldade, ainda procurava sair do jipe, chutava a porta. O homem pegou-o pela camisa e o trouxe novamente para o banco. Desferiu mais algumas leves punhaladas nos flancos, nos braços. Demétrius estava cada vez mais pálido, os lábios roxos, olheiras profundas, mas tentava proteger o peito. Percebia o homem procurando uma brecha por ali para golpeá-lo fatalmente. Não conseguira, até então, e por isso, golpeava os flancos e as costas. Demétrius era forte, mas até quando aguentaria? Eram muitas punhaladas. Nenhum homem aguenta tanto. Neco pensou que tinha sido mesmo uma merda não ter trazido o revólver, pois já teria acabado de vez com isso. O velho era mesmo duro na queda, mas vou matá-lo assim mesmo, aqui e agora, custe o que custar, pensou. Continuava golpeando, puxando os braços fortes, resistentes de Demétrius para baixo para golpeá-lo de vez, bem no coração. Numa dessas puxadas, enfim, os braços de Demétrius cederam. Ele já não tinha mais forças para lutar, essa era a verdade. Respirava fundo, gemia, estava ainda mais pálido. Agora seus braços repousavam frouxos sobre as coxas, entregues, inertes. Com olhar vítreo, indefeso, mirava o homem. Mas era como se não o visse. Já não tinha mesmo nenhuma energia para um movimento sequer. Então, sem pestanejar, o homem deu-lhe uma punhalada bem no meio do peito. Demétrius puxou o ar com força num som seco, rouco. Pareceu mais susto que dor. A boca abriu-se como a buscar o ar, como um grito estancado no peito. Nesse momento, seus olhos abriram-se ainda mais como se quisessem guardar o mundo todo neles. Mas logo foram se fechando, lentamente, como uma cortina pesada que ia encerrando a peça da sua vida. Mas, como uma cortina velha, as pestanas emperraram no meio do caminho. O homem olhou-o, ali, inerte. Trazia um ar de satisfação. Podia-se ouvir os insetos em suas cópulas, os murmúrios dos galhos, o farfalhar das folhas, o vento, uma ou outra fruta que caía dos galhos, gritos de crianças brincando em algum quintal.

De outro ângulo, de fora, de longe, o jipe parado na velha estrada feito um grande inseto, um senhor que estava li disse que os homens estavam num tremendo rebuliço dentro do carro e, de repente, pararam. Foi como se tivessem chegado a um acordo. Então, esperou e da cena não tirou mais os olhos. "Antes eu estava preparando um cigarro de palha, mas não cheguei a voltar a ele, pois como um filme que estivesse congelado e logo voltasse a rodar, a porta do lado do banco do motorista abriu-se abruptamente e dali caiu um corpo, *bum*! E como caiu, ficou. Um braço pra cá, uma perna pra lá, a outra perna pra ali, o outro braço pra acolá, a boca semiaberta, na lama, e as pestanas a meio pau. Parecia alguém que havia despencado de um penhasco", disse o senhor. Algumas formigas já começavam a brincar com o ralo bigode loiro de Demétrius. Mas ele já não se importava mais com isso. Estava morto.

De forma enérgica, Neco pulou para o banco do motorista, fechou a porta do jipe, acionou o motor, fez o contorno e saiu em disparada. Quase passou por cima de Demétrius. Pelo retrovisor, ainda pôde perceber uma pequena movimentação de um grupo de pessoas ali: um menino gritou e apontou, um outro respondeu e correu, um passante também correu, uma mulher segurou o vestido nas coxas e acelerou o passo. Todos queriam ver. Dois homens já estavam em volta de Demétrius. Neco riu enquanto aquele corpo morto ia diminuindo mais e mais no retrovisor, desaparecendo de vez do seu caminho, da sua vida. Ouriçado, quase não cabendo em si de tanta satisfação, manteve a mão direita firme no volante, com o braço da mão bichada apoiou-se na porta do jipe, colocou parte do corpo para fora, e, a plenos pulmões, gritou: "Neeeco é Neeeco!", deu uma cusparada, sentou-se novamente ao volante e meteu o pé no acelerador. Foi-se rindo, repetindo baixinho, só para ele, como numa reza do mal: "Vade-retro, satanás!".

XXVI. A NOITE DOS VAGA-LUMES: DEMÉTRIUS

Foi a noite dos vaga-lumes. Assim eles a denominaram e, mesmo depois de muitos anos, ainda falavam dela. Você só precisava erguer os braços para senti-los feito gotas de chuva. Pousavam e logo explodiam em luz. Depois apagavam, depois acendiam, depois e depois. Milhares deles, talvez milhões, numa verdadeira orgia de luz. Pareciam, desesperadamente, querer iluminar a escuridão da humanidade com aquelas luzes inocentes, pequeninas, frágeis. Havia também um cheiro forte, doce, de mato que, ora ou outra, vinha toda vez que a noite se refestelava. Uma festa de luz, de odores, de sons. Vez em quando ouvia-se um impacto, depois outro, mais outro. Eram as mangueiras, as goiabeiras, os cajueiros, as macieiras, as pereiras, os pessegueiros, as jaqueiras, os buritizeiros devolvendo aos homens e as mulheres tudo aquilo que por algum tempo haviam solicitado à Mãe Natureza. Faziam como algumas vizinhas que pedem um pouco de pó de café e depois devolvem uma xícara com um cafezinho feito na hora. O pacto natural e inquebrantável para que a vida e as coisas permaneçam em curso. O tácito acordo entre a natureza e os seres. A lua era um imenso pirulito colorido desses que as crianças, num dado momento, abandonam porque não dão conta. Pairava sobre todas as coisas, gorda, lenta, curiosa, deslizando feito uma moeda afundando no mel. Demétrius, deitado na espreguiçadeira, uma grande almofada na cabeça, Índia sentada em seu colo. O sangue do corpo dela circulando sobre o sangue do corpo dele. Outro pacto. A vida sobre a vida. Duas coxas lisas feito duas cordilheiras de carne pulsante, quente. E ele podia sentir essa comunhão silenciosa. Ela com uma tigela no colo. O vestido branquinho contrastando com aqueles joelhos redondos feito berinjelas. Ah, ela deliciava-se com as quixabas e as jaboticabas. Em gestos sedutores, passava jaboticabas a Demétrius. Colocava nos lábios dele como um pássaro alimentando o companheiro. A fruta derretia na boca dele feito um beijo. Ah, seus beijos, tantos, tantos, ora silenciosos, ora estalados, pastosos, colados, manchados de casca e polpa. Um pedindo outro. Beijos com sabor de frutas, de salivas, de fumo e dos odores daquela noite. A noite dos vaga-lumes. Tantos, tantos, tantos. Se o mundo acabasse exatamente naquele momento, o que era possível, pois a beleza também pode ser cruel, ele tinha certeza de que sobraria apenas aquele torrão de terra com Índia sobre ele, naquele momento de paz única, comendo quixabas e jaboticabas depois dos anseios desenfreados dos corpos. O que mais poderia pedir? O que mais?

As lembranças boas são como os sabores da nossa infância e que nos acompanham até o fim de tudo. Bem provável que, ao perecermos, elas ainda fiquem por aí, vagando, rodando, buscando algum lugar para grudar-se e permanecer como lembranças. Que noite!, que noite! Sim, foi a noite dos vaga-lumes. Assim eles a denominaram e mesmo depois de muitos anos, muitos anos, ainda falavam dela.

O pião roda, mas cai de novo, mas volta a rodar, e cai... e... a vida é como um pião. Roda, cai, roda cai... e nisso vamos. A impermanência tirando as coisas dos seus lugares, e, de alguma forma, colocando-as novamente. Até quando? Até quando? Até quando? Roda, pião, roda... roda... roda, pião...

XXVII. MARIA, TEU PAI MORREU

Despertei com uma pontada no peito. Sinto-me fraca, muito fraca. Não há ninguém comigo. Uma solidão que dói no osso. Solidão branca, de concreto, de mármore feito a tampa de um jazigo. Um aperto no corpo, na alma. Seria madrugada? As enfermeiras estariam dormindo? Estou tão frágil quanto uma *Maria, Teu Pai Morreu*. Tenho a impressão de que se alguém me tocar posso também desmoronar em mim mesma. Quero apertar a campainha, mas não tenho forças, não tenho forças. É como uma ausência antecipada do mundo. Se, pelo menos, Demétrius estivesse aqui e dormisse comigo. Sinto saudade do seu cheiro, do seu corpo. O que faz agora? Sinto também saudade do meu pai, da minha mãe, de Nana, do caçulinha. Deus, que desperdício a vida. Quanta gente nesse trem vazio, desgovernado. Que mordaça mais cruel é a distância. Sinto minhas palavras presas num vidro, borbulhando, gritando dentro d'água. É como se eu já tivesse morrido. Sinto-me longe de tudo e de todos. Em outro lugar. A morte será isso, essa distância que vai crescendo até a vida perder-se de vista? Não, na morte não nos perguntamos mais nada. É como ausentar-se de si mesmo, como abandonar-se, esquecer-se. Como uma velha casa que, enfim, desmorona. Quero terminar o meu relato. Quero deixar para Demétrius. É meu último desejo. Ele não sabe. Estou gravando tudo. Quero gravar isso entranhado em mim. Expurgar-me. Trouxeram-me um gravador. Não lembro mais quem foi. Bem capaz que tenha sido a minha querida Tereza. Estou gravando porque nunca consegui dizer a ele como eu realmente via as coisas. Há um imenso universo dentro de mim, um vulcão adormecido que não entrou em atividade. Magma que nunca se tornou lava. Quer dizer, jamais consegui mesmo, já disse, transformar em palavras toda essa avalanche dentro de mim. Ele é tão vivido, tão sábio, há tanta vida nele, que eu achava que falar para ele o que pensava seria perda de tempo. Eu abria as pernas para ele, ah, sim, eu abria, e sem nenhum pudor. Bastava que ele me olhasse daquele jeito só dele, com aquela boca retorcida só dele, e aqueles olhos melosos de pedinte só dele, que eu abria as pernas como uma flor que desabrocha com o toque delicado do sol. Era meu homem, ora, e para abrir as pernas não preciso de saber muitas coisas da vida. Nadica. Agora abrir a boca era outra coisa. E eu não sabia o que dizer, como dizer, quando dizer. Claro que com o tempo criei umas asinhas, mas dizer o que estou dizendo agora para o gravador era tudo o que eu gostaria de ter-lhe dito cara a cara, boca a boca, ouvido a ouvido. Deus, que desperdício a vida. Mas se tivéssemos duas, quereríamos três, né? E estragaríamos todas elas com as nossas buscas desenfreadas. Então, quero gravar. Já estou quase no fim. Mas agora não posso. Estou tão fraca, tão fraca.

Acho que o médico veio me visitar, ou foi Demétrius? Já não sei. Doutor quando vou para casa? Sula, sou eu. Você vai para casa. Logo, logo. O que disse, doutor? Sinto minhas mãos entre outras mãos quentes. Falaram numa piora, numa infecção. Há outras dores. Me dão remédios. E é bom, e é bom. Passa tudo, durmo e perco a noção do tempo. Já nem sei se essas pessoas que eu vejo são mesmo reais. Podem ser coisas dos remédios. Depois fica um buraco no peito. Penso que não vou terminar o meu relato. Parece que nunca estou acordada mesmo quando estou acordada. As dores aparecem com mais frequência. Um dia, acordei e me vi sentada, mas não posso mais confiar. Há cheiro de fezes, urina, remédios, flores, álcool, desinfetante. Às vezes, sinto gosto de terra ou seria de sangue? Será que já estou morta? É isso a morte, todo esse sofrimento? Não, na morte já não nos perguntamos mais nada.

Hoje acordei sentindo o cheiro de Demétrius. Estava em todo o quarto. Ele veio aqui, só pode. Dona Sula, como estamos hoje? É o médico. Estou melhor, mas nem vou perguntar quando vou para casa, pois isso o senhor não me responde, e não me chame de Sula. Pare de me chamar de dona, menos ainda de Sula. Já lhe disse o meu nome. Bom, não sei mais de nada, doutor. Mas não tenho dores, pelo menos não agora. Dormi melhor, porém não consigo comer nada, nada. Não sinto gosto de nada, nada. E há o medo. O grande medo da finitude feito uma sombra dupla. Medo do desapegar-se violento do mundo, de perder as pessoas entranhadas em mim e que me cercam com sorrisos enviesados de esperança. Esse arrancar-se como um membro extirpado. O nosso tão mundo esquartejado de nós pelo mistério sempre e sempre insondável. Esse despertencimento brusco. Mas tenho ainda mais medo da grande interrogação que este Fim encerra — um recomeço? Se sim, como escrever um texto melhor de nós mesmos se não lembramos nada das duras lições anteriores? Poderíamos, pelo menos, feito uma criança ingênua, com nossa grafia ainda em formação, tentar cobrir as linhas toscas das vidas de antes? Tenho medo deste fim já fincado no mais fundo em nós muito antes do choro primevo.

"Dona Sula... Índia, vamos tentar outros remédios. E vem outro especialista da grande capital. Quando souber algo sobre a sua alta, responderei a sua pergunta, certo? Agora, dei-me um beijo, vamos."

Esse médico é gente boa, mas é médico, né? E todos eles são assim. Práticos, silenciosos, limpos. Têm medo de dar notícias equivocadas. Todo mundo sofre, né? Ele disse que tem um filho asmático. O menino vive sem ar. Mas o que ele me disse e que me marcou foi que para ele, como médico, o pior não era perder um paciente.

Isso acontece quase sempre. Isso era ruim, muito ruim, mas o pior mesmo era dar uma esperança quando só há desesperança e depois enxergar nos olhos do paciente uma morte ainda em vida. Morte dupla, ele diz. O médico vê as duas. O paciente só consegue perceber uma. Isso me marcou. Porque é verdade. E numa verdade a gente não mexe, senão borra a maquiagem. Numa verdade, depois do ponto final, não vem mais nada. Não tem antes nem depois, é verdade e ponto.

Agora apareceram outras dores. Onde? Não sei mais. Acho que no corpo todo. Ah, tirei os dois seios. Agora que me lembrei disso, acredita? E olhe que não é uma coisa muito fácil de esquecer. São os remédios, os remédios. Nem me pergunte os nomes deles. Mas tudo bem. Não ligo que estou sem os seios. Posso usar corpetes. Meu marido vai me querer. Podem me tirar também as pernas, a língua, os olhos, os dedos, a alma. Podem me tirar o que quiser, pois a coisa mais importante que eu tinha já me levaram. Que foi a possibilidade de dar um filho ao meu marido. Isso porque me arrancaram o útero como quem esvazia uma gaveta. E eu era ainda uma menina, sabe? Perdi meu filho e, depois disso, estradas e espinhos, calvários, lamurias, penitências, remédios e mais remédios. Não lembro a primeira vez que dei entrada num hospital, muito menos a última. Não lembro. O que parece é que nunca saí deles. Este cheiro típico dos hospitais já está entranhado em mim feito os cabelos no meu cocuruto. Esta é a verdade. Estou falando ou sonhando? Oh, Deus, não posso afirmar. Oh, Deus, que desperdício a vida. Que desperdício a vida.

Estou tão cansada. Parece que me deram banho. Sinto cheiro bom de sabonete. Gostaria de me sentar à mesa, ouvir o tilintar das porcelanas, mergulhar bolachas no leite, sentir o cheiro de café de casa, ouvir os insetos rodando nos lampiões, o gerador em seu zumbido de cigarra, os mugidos das vacas, o arrastar indolente das mulheres na cozinha, o melancólico relógio da sala em seu badalar, o cheiro de esterco, a quentura dos assentos dos jipes sob o sol do meio-dia, o cheiro de graxa, gasolina, óleo diesel, as pancadas das frutas caindo. Vontade de ver o desabrochar das rosas, o sol lambendo os girassóis. Gostaria de ouvir os homens de Demétrius espalhados pela fazenda, conversando dentro da noite, as vozes indo e vindo e os seus cigarros riscando a noite feito facas de fogo. A arara, oh, a velha e doce arara. Índia, bom dia, quero comer. Quando eu repetia isso, ela ria como um velho. E eu ria com ela. Minha arara, minha amiga. Quem será que está colocando comida para ela? Ah, vontade de andar, apenas andar. Doutor, deixe-me andar. Só vou até aquele corredor frio e branco e que, com a noite, vai ficando ainda mais frio, e de madrugada torna-se uma pedra de gelo. Esta cama me mata. Arranca-me as costas. Penso que me esqueceram aqui. Quem liga para uma velha doente? Já sou uma velha? Dizem que Demétrius e Tereza vêm me ver todos os dias, sem falta, mas eu não os vejo, não os vejo. Durmo, durmo, mesmo sem querer, durmo. São os remédios, os remédios. Eles são terríveis. Acho que ouvi um apito, acho que vi pessoas correndo. Mas ficarei aqui, estou cansada. Não quero mais pensar em minha casa, fico cansada, fico sozinha, ainda mais sozinha...

Esses dias tive a sensação de que meu irmão veio me visitar. Meu irmão, Jão, o caçulinha. E não veio em criança não. Tinha crescido, estava um homem com bigode e tudo. Eu devo estar mesmo louca ou isso é coisa dos remédios porque não vejo meu irmão há muito tempo. Lembro dele ainda muito pequeno, uma coisinha de nada com duas perninhas, dois bracinhos e uma cabeça enorme. Ficava louco de alegria com o canto dos passarinhos. Procurava imitá-los, mas só fazia gritar. Amava os passarinhos. Era louco também pela arara. Eu não o vi crescer. Uma pena. Dizem que foi morto por dois homens de Demétrius. Mas Demétrius não teve nada a ver com isso, todos sabem, conheço meu homem. O que dizem é que foi uma refrega pessoal de dois dos seus homens com o meu pai. Isso acabou comigo. Me tranquei no quarto. Passei dois meses enfurnada. Até pensei em tirar a minha vida. Mas Tereza Cavalo e Demétrius não me deixaram fazer isso. Ficaram comigo noite e dia, coitados. Quando, enfim, saí do quarto, as olheiras de Demétrius estavam piores que as minhas. Tereza era dura, mas também estava acabada. Fiquei me sentindo culpada, mas eu estava doente. Não podemos carregar o mundo nas costas quando mal conseguimos arrastar a roupa que vestimos. É como uma moléstia. E disso ninguém fica bom. Não há cura. Só sobrevive e tenta arrastar o que sobrou. E é pesado. A dor não dói sempre, ninguém aguentaria, como já disse, é pesado demais, mas, quando dói, o ar falta. Giramos sem mundo, sem nós. Lamento por não ter conseguido salvar o meu irmãozinho. Acho que isso é o que mais me dói. Que infortúnio! O infortúnio que nos golpeia como assim faz a língua do sapo à mariposa. Só não entendo que tipo de negócio meu pai teve com o Caveira e o Cascavel. Sei lá. Nunca entendi. Dizem que o Caveira se enforcou algum tempo logo depois de fugir e o Cascavel foi encontrado no meio do mato, com inúmeras facadas, hematomas diversos. Estava inchado, já em estado de putrefação. Foi o que disseram. As pessoas falam. Ah, devo estar mesmo louca. Lembrei agora que meu irmão me disse que me trouxe um quadro. Deve estar por aí. Mas meu irmão não veio aqui, ora, ele está morto. E eu já estou louca ou isso é lá coisa dos remédios. Não dá mais pra confiar no que eu digo. Vejam, por esses tempos, duas mulheres, todo fim de tarde, fazem-me companhia. Entretidas em seus crochês, mudas, vez em quando, me olham como se há muito me conhecessem. O fato é que eu não as conheço de jeito algum. Não sei de onde vêm nem para onde se vão depois. Coisas dos remédios. Sei lá. Ainda ouço o apito, vejo pessoas correndo. O quarto parece que está cheio de gente, mas não tenho certeza disso, já disse. Estou cansada, muito cansada, cada vez mais. Agora um escuro denso e meu pensamento longe, muito longe. Eu sem corpo, as coisas sem corpo, o mundo sem corpo, nada, nada. Apenas eu e esse vazio maior que o mundo todo. Acabou. Não há mais perguntas, então, devo estar morta.

Sinto o cheiro de Demétrius... ouço o relincho do Azulão, minha mãe me chamando pro jantar... ouço os passos do jardineiro, lá fora... ora, mas de qual jardineiro estou mesmo falando?... está chovendo? Ouço grandes gotas de chuva sobre as telhas da velha casa-grande... os soins mastigando as frutas... Isso me dá sono, muito... um sono contra o qual meu corpo já não consegue mais lidar. Um sono terrível contra o qual a minha vida já não consegue mais lutar. Pronto, ó, Morte! Já não há mais flechas para cravar na tua pele bestificada.

[Agora podemos desligar tudo, desfazer a cama...]

XXVIII. A NOITE DOS VAGA-LUMES: ÍNDIA

Foi a noite dos vaga-lumes. Assim eles a denominaram e, mesmo depois de muitos anos, ainda falavam dela. Você só precisava erguer os braços para senti-los feito gotas de chuva. Pousavam e logo explodiam em luz. Depois apagavam, depois acendiam, depois e depois. Milhares deles, quem sabe milhões, numa verdadeira orgia de luz. Pareciam, desesperadamente, querer iluminar a escuridão da humanidade com aquelas luzes inocentes, pequeninas, frágeis... Estou no colo de Demétrius. Minhas coxas negras, tenras, brilhando sob a luz da grande lua que mais parecia uma mulher barriguda caminhando na lama densa. Ah, uma tigela imensa e repleta de quixabas e jaboticabas em meu colo. Demétrius comendo comigo e fumando. Vez em quando virava o rosto para dar uma tragada e soltar a fumaça para longe de mim porque sabia que eu não gostava, porque eu tossia. E logo eu enfiava uma jaboticaba naqueles lábios vermelhos, inquietos. Nossos beijos, ah, nossos beijos pastosos, colados, com gosto de fruta e fumo, manchados de sumo. A noite nos envolvendo feito um véu perfumado. A camisa aberta dele, os pelos como nuvens no peito másculo e queimado de sol dele. A certeza de que aquele era o meu lugar, aquele era o meu lugar, aquele era o meu lugar. Eu estava louca de vontade de dançar. Ah, sair rodando, bailando, deslizando sob a lânguida luz dos lampiões. Sob o brilho oblongo da lua. Uma vontade de morrer de dançar. Nunca disse isso a ele. Louca pra dançar, sim. Não a dança que todos dançam, mas a dança ao contrário, a dança do meu próprio ritmo, da minha própria música... do meu próprio baile.

Sim, foi a noite dos vaga-lumes. Sempre falamos dela. Era como um ponto de partida quando nos perdíamos no nevoeiro denso dos nossos desencontros. Demétrius ria muito, o riso do menino que mora dentro dele. O menino que nunca envelhece, que nunca morre, que vive sob as ruínas dos seus fracassos, o eterno menino nele como o universo que é ele e que somos todos nós. Esse menino apenas tropeça, cai, mas logo se levanta. É teimoso, está acima do tempo. Assim também é a menina dentro de mim. Isso, foi assim naquele tempo. Que noite!, que noite!, meu Deus! Foi a noite dos vaga-lumes. Assim eles a denominaram e mesmo depois de muitos anos, muitos anos, ainda falavam dela.

O pião roda, mas cai de novo, mas volta a rodar, e cai... e... a vida é como um pião. Roda, cai, roda cai... e nisso vamos. A impermanência tirando as coisas dos seus lugares, e de alguma forma, colocando-as novamente. Até quando? Até quando? Até quando? Roda, pião, roda... roda... roda, pião...

XXIX. BEM ANTES DOS TRATORES

A grande placa da Coca-Cola, que desde muito longe da estrada surgia em suas cores vivas de dar água na boca, agora estava desbotada, cada dia mais e mais. A mulher sorrindo num refrescante e ruidoso *chuááá* já tinha perdido o olho esquerdo e parte da boca. Tempos atrás, todo ano, logo que a placa começava a desbotar, Demétrius pedia que o pessoal da empresa viesse pintá-la novamente. Agora não podia mais fazer isso. Não havia mais nada na fazenda Luzia. Tudo era um abandono só. As intempéries a castigavam sem pena. Não havia mais ninguém ali para, num dia de sol, olhar longe e se deliciar com o tamanho daquelas terras verdes, com o cheiro das flores, das frutas, agora murchas, secas e sem perfume algum. Nem mais havia as vozes dos homens em suas labutas, pois ali não havia mais os homens. Assim como vieram, se foram, como tudo. Não havia mais o som da moenda, esta ruía, dia a dia, ociosa e indiferente a tudo. Estava ali, prestes a desabar de vez sobre si mesma. O rio seco, a erva daninha voraz, os currais com as portas escancaradas como a esperar os bois, as vacas, os touros que nunca mais viriam, porque nunca mais foram. Os bebedouros tomados de caranguejeiras, escorpiões e lacraias. Da casa-grande, já com a hera subindo ligeira, tomando as paredes, o mato nascendo por entre as gretas do solo do alpendre, vez em quando, saía uma cobra, um camundongo, uma centopeia. Um calango enorme e agitado, como o Demo fugindo da cruz, saltava do telhado para uma bica qualquer, depois para o chão e em seguida, em disparada, esperneando-se, sumia em algum buraco por ali. Deixava na terra rabiscos feito escritos de uma civilização perdida. Os formigueiros, os cupins criando estranhas habitações que mais pareciam enormes seios marrons brotando do chão. O grande cajueiro, antes um gigante que, em sua imponência, recebia a todos logo que chegavam à fazenda, agora murchava dia a dia feito um moribundo impassível em sua derrota contra o tempo e as inúmeras vidas pequeninas. Enfim, entregava-se como quem cede o pescoço ao algoz.

Também não havia mais ninguém ali para cobrir os espelhos ou tremer de medo sob os cobertores em noites de aguaceiro, relâmpagos e trovões. Ninguém mais correndo pela casa, no meio da noite, "Chega, menino!", para colocar as panelas sob as goteiras. Agora, os soins, os macaquinhos, todos em bandos, corriam endiabrados, um atrás do outro, refestelavam-se. Os gatos brigavam pelas gatas no cio, e os gaviões e as gralhas, em seus voos desengonçados, mergulhavam em busca de algum inseto que avistara no telhado, para logo depois sair dali com o bichinho debatendo-se no bico fedorento. Todo esse movimento acabava rachando as telhas, abrindo frinchas. Como também não havia mais ninguém para consertá-las, a chuva entrava com tudo na casa-grande como se quisesse se proteger de si mesma e, lá dentro, alagava tudo num dilúvio muito particular. Logo depois vinha o sol e tostava tudo, e em seguida surgia o mofo, e depois a chuva, e depois o sol de novo, e com isso, mais e mais bichos. A casa, tudo, todas as coisas pareciam mesmo mergulhadas numa profunda meditação bisonha. Indiferentes a todo àquele alvoroço das vidas que se achegam quando as pessoas se vão embora de vez.

Durante aqueles tempos, logo após a morte de Demétrius e de Índia, alguns meses antes dos tratores chegarem em suas pressas e violências metálicas, quem passasse por ali, e se aproximasse um pouco, apenas um pouco, das portas da casa-grande, ainda ouviria um som que poderia ser confundido com a voz de uma pessoa de língua presa, talvez um grito, um choro de neném, um lamento, um sussurro, um augúrio, enfim, um som baixinho, muito baixinho, enfraquecido não só pela fome, pelo cansaço da longa espera, pelo abandono, mas principalmente pela saudade. Ah, era a velha arara, sozinha e faminta sobre o poleiro e gritando sem parar: "Índia, bom dia, quero comer. Vem cá, menina... Índia, bom dia, quero comer. Índia...". Passado o tempo, antes dos vorazes tratores, a arara, em seu desespero, havia se soltado da correntinha que a prendia. Então, circulou pela casa, tonta, perdida em seu pequeno mundo. Parecia procurar por si mesma. Estava determinada no seu sem rumo. Talvez procurasse Índia. Bem provável. Foi em todos os compartimentos. Entrava e saía, resmungava, gemia. No alpendre parou e olhou longe como assim fazia Demétrius. Ninguém ali no alpendre. Esperou. De repente, ensaiou um voo desengonçado, mas, já sem forças, pousou, e rodou em si mesma. Parou no meio do nada. Ergueu a cabeça como se avistasse alguém. Nada. Para onde foram todos?, parecia se perguntar. Depois, abaixou a cabeça e afiou o bico em um seixo como se ainda buscasse alguma força. Então, sozinha, perdida, desengonçada, em seu caminhar de velhota gorducha, voltou para a casa e desapareceu lá dentro. Não precisava mais da correntinha. De alguma forma, estava, para sempre, presa àquela casa. Nunca mais a viram. Nunca mais ouviram falar dela.

NOTA DO AUTOR

Ao som de Triste Partida — Luiz Gonzaga.

Ainda que partes deste romance se originem de fatos, todos os seus personagens são ficcionais: uma descrição compósita, extraída de vários indivíduos e da imaginação. Não houve intenção de fazer referência a nenhuma pessoa viva ou morta, nem essa intenção deve ser inferida.

Reynaldo Bessa

é professor, músico, escritor e poeta. Em 2008, lançou seu primeiro livro *Outros barulhos* (poemas, Anome Livros), ganhador do Prêmio Jabuti 2009. Pela Patuá, em 2011, publicou *Algarobas urbanas* (contos). Em 2013, lançou *Cisco no olho da memória* (poemas, Terracota), que recebeu Menção Honrosa no Prêmio Internacional de UBE-RJ 2014. Publicou pela editora Penalux *Na última lona* (romance, 2014), *Do pássaro voando ao contrário* (2018, poesia), *A noite além de escura* (contos) e *Esta vida ou outra invenção* (2021, poesia). O autor tem poemas traduzidos para o inglês, espanhol, francês e grego. Escreve para sites, blogs e jornais de literatura e música.

este livro foi editado

no inverno

de 2023